U0669890

在文学中成长·中国当代教育文学精选

高长梅 王培静◎主编

有月亮的后半夜

李晓东 著

花山文艺出版社

图书在版编目(CIP)数据

有月亮的后半夜 / 李晓东著.—石家庄：花山文艺出版社, 2013.8(2021.5 重印)

(读·品·悟：在文学中成长·中国当代教育文学精选 / 高长梅, 王培静主编)

ISBN 978-7-5511-1394-6

Ⅰ.①有… Ⅱ.①李… Ⅲ.①散文集 – 中国 – 当代 Ⅳ.①I267

中国版本图书馆 CIP 数据核字(2013)第 186144 号

丛 书 名：在文学中成长·中国当代教育文学精选
主　　编：高长梅　王培静
书　　名：有月亮的后半夜
作　　者：李晓东

策　　划：张采鑫
责任编辑：郝卫国
责任校对：齐　欣
特约编辑：李文生
全案设计：北京九洲鼎图书有限公司
出版发行：花山文艺出版社(邮政编码：050061)
　　　　　(河北省石家庄市友谊北大街 330 号)
销售热线：0311-88643221
传　　真：0311-88643234
印　　刷：永清县晔盛亚胶印有限公司
经　　销：新华书店
开　　本：710×1000　1/16
字　　数：175 千字
印　　张：12
版　　次：2013 年 9 月第 1 版
　　　　　2021 年 5 月第 2 次印刷
书　　号：ISBN 978-7-5511-1394-6
定　　价：39.80 元

CONTENTS | 目录

Chapter 3

第三辑 **历史云烟**

CONTENTS | 目录

Chapter 4

第四辑 **浪漫情怀**

Chapter 5

第五辑 **履痕处处**

Chapter 6
第六辑 走向远方

CONTENTS | 目录

第一辑 / **故园情深**

我那遥远的梅花村

　　即使在隆冬，故乡的山山岭岭也不见一朵梅花开，因为这里压根儿就没有梅花树。然而，你若有雅兴去登山，浴着暮霭朝晖，于群峰之巅极目四望，隐约可见那云雾沉浮中的一个个山谷、山坳里长有一株株苍老的枫树、樟树和乌桕树等，树下建有一间间木板房或砖瓦房，宛如零落的梅花，看似纷乱而自有章法。这东一个西一个的小山村，就是山外人常说的梅花村。

　　梅花村得天独厚，与大自然融为一体，美丽而宁静。无论哪天晨昏，你站在山巅，望着那一座座山峰于烟光云影里缥缈变幻，山下澄塘如镜，清溪如练，田园如棋格，一缕缕炊烟从一个个小村里袅袅升起，听着远近飘来的鸡鸣犬吠之声，你都会产生飘然出尘之感。激动之余，你若再仰天长啸，则空谷齐鸣，四野响应，你会觉得自己仿佛成了深山隐士世外高人。

　　这些村庄大都很小，才百来人，犹如一个大家庭。村前多半有三五棵高大苍老的村关树，诸如樟树、枫树、荷树、松树之类，酷似一个个涉过岁月长河的历史老人，忠实地守望着家园厚土。古树浓荫下，常见一些朴拙的小庙，俗称土地庙，村村皆有。当地村民丢猪失狗，或小孩生病，多在庙前树下烧纸焚香，祈求神明保佑。小村后都有古木森森的后龙山，那是村子的风水脉气所在，山上树木多年来被禁止砍伐。也许是出于对树木的敬畏和保护，这一带至今仍保留着这种风俗：桃、李、杨梅等果实要在端午节后才能采摘，尤其是未出嫁的女孩，得用长竹竿去敲落果子，据说如果用手摘，来年树上会虫子成团，很少挂果。

　　梅花村的村民淳朴厚道，待人友善，热情好客。我的老家就是一个典型的梅花村。村里人不满百，但却有着浓浓的人情味。二十多年前，我还是村里的野孩子，总记得村里一家来客，就像是全村的客人，各家各户都会前来探望，并凑集鸡蛋、腊肉、咸鱼、土酒之类的村民自认为不值钱的物品盛情款待。因此谁家来的客人，往往全村人都认识。更有意思的是，一家娶亲办寿，全村欢喜，无论哪家的长者，都是当然的座上宾，此外，主家还给每户挑面或散喜糖。哪怕是家里杀猪，主家也要挨门逐户送去一两碗猪血。要是哪家烧窑或者盖新房，村里每户都会出一两个劳力义务帮工，不图报酬。

村民一生有两件大事，一是盖新房，二是培养子女读书。要是谁家的子女考上大学，那将是全村的光荣。临行时，主家会打着长长的爆竹，村民也多跟着一直送过村外的土地庙。从苦水里泡大的孩子，大多不忘本，他们无论地位多高，但只要村里或邻村的乡亲找上门来要求帮忙办事，如修路、建桥、办学等，都会尽最大的努力，绝不推诿。

这些近在咫尺的梅花村，鸡犬相闻，田园道路相邻相接，这村打爆竹，往往其他几村都能听到，山民们种地打柴也常能碰见，但彼此交往不多，他们就像同在山中却相顾无言的沉默的树木一样。这些小山村的独立性极强，各成春秋，自成一统。世代伴随这里山民的是漫漫无期的寂寞。

这些梅花村并非现代桃花源。近年来，由于在外地工作，我回家的次数便少了。听说这里外出打工的人越来越多，很多山村都成了"空壳村"，村里的房屋远比居民要多，山上的树木也更加葱茏。当然，村民的生活也逐年改善，一些习俗也悄然变化了。但是相对而言，这些梅花村依旧很封闭，很宁静，仍然保存了不少淳朴的民风，这也是我难以割舍故乡情的重要原因吧。

那年年初，故乡一带的梅花村都无一例外地遭受百年罕遇的冰灾。一个个山头上，断头的树木随处可见，如一支支牙签般兀立着，青青的毛竹也大片倒伏，趴在地上，竹身大都爆裂开来，露出淡白的竹膛，惨不忍睹。更无奈的是，村村都断电了，山民又点起了闲置的煤油灯或蜡烛，像多年前一样度过新年。当我又像少年时一样站在故乡的山岭上，眺望着那山间一个个或远或近的梅花村时，我就像看到一树树孤独的梅花，在空山幽谷中静静地开，悄悄地落，是如此从容而坦然。我心里有种说不出的惆怅。扪心自问，我这个有幸从大山里走出来的孩子,又为梅花村里的父老乡亲做过些什么呢?

古枫三十年祭

30年前,我的故乡临川桐源乡田西坑的民居都是低矮破旧的瓦房,仿佛上了年岁的老人,总是理性地勾着头,眼睛老盯着地面。在几十栋矮房的环抱簇拥下,小村的中央空地上自北而南巍然屹立着三棵古枫。它们枝叶婆娑,高耸云天,尤其是秋日,红叶似火,就像小村飘扬的旗帜。村里没有人知道它们栽于何时,当然,它们也许并非栽种的,而是野生野长的,因为小村的历史才两三百年,而那古枫看上去似乎有近千岁的高龄。村里没有人读完古枫的一生。村民都说在自己少年时,它们就已经非常高大苍古了。它们是小村的标志性风景。只要看到其照片,十里八乡的乡亲谁都会猜出其所在的村庄。

古枫中,靠北的那棵最矮,裸露出粗壮的盘根,村民常将牛绳拴系在裸根上,让牛在树下歇凉,咀嚼稻草;中间那棵最高最直,看上去有近百米高,犹如一个拔地而起的绿巨人,昂首天外;朝南那棵的树围最粗,五六个成年人手牵手也难以合抱。春天,枫树上萌发出嫩绿的新叶,犹如鸟儿换了一身丰满干净的羽毛;夏天,树上绿叶成荫,如打开的巨伞,似撑起的华盖,荫庇着大半个村庄;秋天,树上红叶似火,斑斓绚烂,弥漫着浪漫而浓烈的诗意;冬天,树上落光了叶子,那手掌似的红黄叶片落在人家的屋顶上,遮覆着瓦脊瓦槽,像铺了层锦绣,树枝上则垂挂着无数褐色的枫果,浑身长着毛刺,有点像山毛栗或荔枝,还时不时掉落下来,可惜那果实不能吃。不过,最打眼的该是树梢上那一个个像旧毡帽一样的又大又黑的鸟巢,裸露于寒风冷雨中,有箩筐口大小,看上去摇摇欲坠,而昔日聒噪不休的白鹭、八哥、乌鸦、猫头鹰等都不知去向了。

古枫曾是鸟儿的天堂。树上最常见的鸟是白鹭。暮春时节,白鹭们不知从何处迁来，云集枝头，衔来枯枝苇絮搭窝筑巢，一棵树上少说也有上百个窝巢。早晨，太阳照耀着烟雾笼罩的山村，古枫上百鸟啁啾，一只只白鹭在枝叶间跃上跳下，这根枝上栖栖，那根枝上歇歇，弄得枝叶乱颤，树影斑驳。仰望古枫，可以窥见枝叶间有千百个白闪闪的亮点在晃荡，变幻，仿佛潜伏着千军万马，谁也猜不透里面深藏着多少秘密。黄昏，夕阳的慈光洒遍宁静的山村，那些晚归的白鹭则像雪片般朝村里飞来，在小村上空盘桓数圈，然后纷纷栖落在古枫枝头，蔚为壮观。

我不知树上到底有多少只白鹭，更不知白鹭有多强的繁殖能力。树上的白鹭一年比一年多。夏天来了，我们常惊异地看到树上一片雪白，那树叶像落了雪染了霜一样，细瞧竟全是白鹭屎，而地上和人家的瓦房上也落满了粪便，异味扑鼻，村民路过树下得格外小心，有人索性顶个斗笠，披件雨衣，以防"中彩"。

面对白鹭成"灾"，村民忍无可忍，开始驱赶白鹭了。有人用竹篙敲打树枝，甚至捣毁窝巢，但白鹭仍驱之不散。有人在树下放鞭炮，也收效甚微。村里的小伙子有生胆子特大，擅长爬树，他常腰系鱼篓，双腿夹树，爬到树上掏白鹭窝，捕到大量雏鸟，收获不少鸟蛋。看到他爬到几十米高的树枝上，踩得枝条颤颤悠悠，我吓得闭上眼睛，手心发凉。然而，有生从未出过事，真该谢天谢地了。

而最让我难忘的是，村里的光华爷竟露出一手驱赶白鹭的绝技。黄昏时，他常站在自家瓦房后距古枫近百米的空地上，用稻草搓编成一段匾匾的短绳，再将短绳做成一个环套，接着捡个石子小心置于环套里，随后提起环套，猛一发力，只见他手一扬，那石子便疾速抛射空中，穿枝披叶，吓得树上白鹭四散纷飞，约一两分钟后，那石子才落到地上。他那套动作极其娴熟、连贯和迅捷，简直出手如神人，把我们惊得目瞪口呆，半晌无言。可惜，这手绝技我只见过他施展过几回而已。我也曾偷练过，但还未等出手，那石子便从绳套里掉到地上。我失望至极，便泄气了。而光华爷的绝活在他去世后便在村里永远失传了。

在我儿时的记忆里，光华爷还有不少"绝技"。每日清晨，他早早起床，站在古枫下的空地上，操练拳脚，不少孩子也跟着学。到了黄昏，他端来一把靠背椅，放在古枫下，浴着霞光晚照，端坐着，悠闲地拉开了二胡。他的二胡很老，是自己制作的，构造简易，可拉出来的曲子，却娓娓动听。那如泣如诉、如怨如慕的二胡声，似乎在向知心故友讲述一个个凄婉悱恻的故事，就连那树上的栖鹭也兀然不动，似乎也被二胡声感动了。那柄老旧的二胡，不知伴老人度过了多少流水年华啊。

古枫下曾是我们少年的乐园。由于古枫太苍老，在地上裸露出盘曲的树根，树根上拴着牛绳，我们一个个跨到牛背上，将牛当马骑，耀武扬威，俨然成了征战沙场的将军。特别是夏日午后，烈日炎炎，大人们多睡午觉了，我们一伙顽劣少年仍精力过剩，都手持竹竿，将竹梢弯成9字形，用细线扎紧，粘满蛛网，然后便在树下空地上追捕蜻蜓。那时蜻蜓特多，尤其是那种体型较小的红蜻蜓，总成群结伴地飞来飞去，忽上忽下，乍隐乍现，时出时没。我们用不了多久就能粘上不少倒霉的蜻蜓。我们将捕到的蜻蜓带到古枫下，投进树蔸下的蚁群中，欣赏蚂蚁大军将其肢解后抬走的浩荡场面。于今想来，我们那时真是太过血醒了。不过，我们也有做好事的时候。那时，我们曾以莫大的耐心去抓扑附在牛身上吸血的大麻蝇。吸血的麻蝇贪婪得就像热恋中的女人，深度陶醉，太过愚蠢和麻木，反应迟缓。我们抓扑它们并非难事。被逮的麻蝇，它们的归宿就是被扔去喂蚂蚁。那时，古枫上的蚂蚁真多，密密麻麻，衔头结尾，那队伍从树根上一直排到高枝上，甚至树梢上。我不知道它们的大本营在哪里，我猜想应该在高处的树洞里吧。一棵古枫上有无数个树洞，里面不光有蚂蚁，一些洞里还住着八哥、乌鸦、猫头鹰等，我就曾亲眼看到几只八哥从树洞里飞出来。

秋天的夜晚，山村的夜空格外深邃湛蓝，天上繁星万点，如一颗颗耀眼的钻石，放射出璀璨的光芒，又似千万朵灿烂的野菊花，盛开绽放于无边无际的寂静的原野上。此时，光华爷常端来一杯茶，坐于古枫下禾场上的一把矮竹椅上，给大伙讲古，几乎吸引了全村的老小。若无意外，他一夜讲一集故事，讲《说岳全传》、《杨家将》、《隋唐演义》、《三国演义》等。他坚持讲了好多年。在没有电影电视的日子里，他简直就是村里的专业说书人，是村民的精神领袖，更是我辈的文学"教父"了。听完讲古，曲终人散，大人们多回屋睡觉，而我们少年却意犹未尽，仍在树下的禾场上追打嬉闹，直到更深夜静，露湿人衣。夜深的小山村里，一朵朵白云从古枫上空掠过，月亮也从树梢后悄悄滑落，古枫越发显得高大起来。

那时，乡村的夜晚是如此静谧，如此安宁，就连树上的鸟儿也早已进入了梦乡。

即便到了冬天，我们也仍能在古枫下寻找到乐趣。别看树上叶落枝裸，鸟去巢空，但树下却铺着一层落叶和枫果。我们常拿来竹笆，将枫叶枫果扒作一堆，装进箩筐，抬回家烧水做饭。为此，我还多次获得长辈的夸奖呢。

然而，这都是30年前的事了。20世纪80年代，村民的腰包开始鼓起来，急于盖新房，竟将村中的三棵古枫全部锯倒，然后肢解。看，那枝枝叶叶堆满了禾场，像一个个小山，不，更像一堆堆巨大的坟墓。就在古枫被锯倒的几天夜里，小村死一般的沉寂。失去古枫荫庇的村庄，连鸟儿也纷纷迁走了。看那白鹭们纷纷飞往远处的山林，当然也会偶尔从小村的上空飞过，是来寻找失去的家园吗？是来重温旧梦吗？

我不明白，村里的祖先穷了许多年，但未打过古枫的主意，倒是村民富了，反容不下几棵古枫。我们一群少年，当时就坚决反对砍伐古枫。但是，在成年人全权决策的小村里，有谁能听进我们懵懂少年的无知戏言呢？有谁能体会到一群天真少年心中的失望与忧伤？

如今，古枫已倒下30年了。不少村民都早已淡忘了它们。一些年轻的毛头小伙，甚至根本不知道村中曾有过三棵古枫呢。但是，我没有，我没有忘记，我怎能忘记呢？所幸的是，不光我时常怀念起那三棵古枫，村里的一些老人也开始后悔，说要是当年的古枫还保留着，那么小村将是这一带最美的村庄，准会吸引大量游客前来参观。从他们的口气中，我不难听出一种深深的伤感和惋惜之情。可是，他们姗姗来迟的反思和悔悟，又能改变什么呢？是啊，在眼前利益和长远利益之间，在显性价值和隐性价值之间，在实用功利和唯美诗意之间，他们错误地看重和选择了前者！

风 中 行 走

我不记得自何时起认识了风。其实，谁又曾记得呢？

古书上说，"夫风生于地，起于青萍之末"。也有长辈打过"风"的谜语：飞过大海波涛涌，飞过戈壁沙遮空，飞过森林鸟雀惊，飞过花园乱花丛。

然而，我最初是从两颊凉飕飕的感觉中认识了风。此后，我又从衣衫飘动的姿态上，从草木颤动的节奏中，从尘土密织的烟雾里，从水面扩散的波纹间认识了风。

记得儿时一个夏日的早晨，我和邻家女孩从村前荷塘边路过，嗅到了一缕缕清香，才发现荷苞一夜间全开了，映在水里，那倩影被涟漪折叠成许多节。我问女孩："你感觉荷塘变了吗？"

她笑着说："几天不见，没想到荷花竟全开了，也许是风太暖了吧！"

尔后，我看见荷塘上掠过几只燕子，剪着尾巴，不住地呢喃。我又问女孩："燕子是不是风带来的？"

女孩抿着嘴笑，不说话。

于是，我抬头观天。风从南来，云向北飞。面对看不见抓不住的无形无影而又无处不在的风，我困惑了。

我回家向爷爷讨教风的话题。爷爷竟这样解释：花儿凋谢，果子成熟，树木落叶，四季更替，都是风引起的。那时，我感觉风真是太神秘了。年少的我也没有再往深处去想。

当然，风并非总是与我美好的记忆紧密相连。风也曾以另外一种面目出现过。

那是一个冬夜,北风刮得正紧。房门开了,奶奶掩好。一会儿门又开了,奶奶再次掩好。过了一会儿门又开了,风把油灯吹灭了。外面风声飒飒,奶奶走出门去,临风而立,一头白发像朵白云,飘飘忽忽。不久,她摸进门来,说:"天上铅云密布,要下雪了!"

奶奶点亮油灯,自言自语地说:"人就是这样怪,多了一人不觉得热闹,少了一人就觉得特别冷清!"原来她是触景生情,在怀念多年前的冬夜夭折的小孙女呢。

我顿时感觉到风中原来也飘散着许多辛酸的往事,心里很难过。

随着年岁的增长,我对风渐渐有了新的认识。那日,我赤脚走在田埂上,头发被风吹得乱蓬蓬的,脸上沾满了灰尘。我回家一照镜子,竟惊异地发现自己仿佛一下子老了10岁,额上新添了好几道皱纹,眼角拖着长长的鱼尾纹,就像刻刀留下的痕迹。我顿时想到了风,岁月如风,雕塑着每一个人的生命历史!

我明白了,这种风蕴藏着强大的力量。它从远古吹来,从时光深处吹来,一路势不可挡。难怪汉高祖刘邦在那首著名的《大风歌》里叹息道:"大风起兮云飞扬。威加海内兮归故乡。安得猛士兮守四方!"当风起云涌,席卷大地时,那种摧枯拉朽的力量,往往令天地失色,草木动容。风,塑造着一切;风,席卷着一切;风,又摧毁着一切!

而人生最可怕的,莫过于树欲静而风不止。在岁月的风中,我不知道世间还有什么可以长存。我亲眼看见风吹走了我纯真的童年,接着又吹走了我无忧的少年,然后又吹走了我火热的青年。我不知道风还有什么事情做不到。"故人好比庭中树,一日秋风一日疏"。我看见太多的长辈,在风中一天天衰老,最后就像梧桐树上的黄叶,将生命匆匆交与秋风。我后悔,在他们的有生之年,我给他们的关爱太少了。风过处,我童年时的玩伴早已各奔东西,天各一方;我少年时的同学早已断掉联系,音信全无;我青年时孜孜以求的梦想也一如断线的风筝,早已不知飘落何方。我多么想回到从前,回到当初,让一切重新开始。然而,风还在吹,从我身后不断吹来。我无法停下流浪的脚步。

望着风中的过眼云烟，我想，也许世间万物都是随风而来，又将随风飘逝。我们都是风中的过客，行色匆匆。风吹浮生，世事多艰，不要幻想有风平浪静的时候。还是让我们走好眼下的每一步吧！

怀念一种树

我离开故乡多年了。我时常怀念起那个生我养我的偏远闭塞的小山村，怀念村外田塍上一种名叫茶叶树的小树。它们在春天爆着绿芽，在冬天吐着白花，装点着我清苦而快乐的童年。

童年时，故乡没有开辟专门的茶园。山上长着的几乎都是松树(村民俗称穷树)和油茶树，田里也只栽水稻。留给茶叶树的生存空间，便是村外那一条条田塍。由于故乡深居山中，因此那农田更像北方的梯田。远远望去，那田塍上的一排排茶叶树，就像一道道绿色的篱笆，将一口口稻田分隔开来，成为故乡一种标志性的风景。茶叶树四季常青，但长得慢，似乎总也长不大，长到人头高后，几乎就停止向上长了，而是更多地从根部斜生出不少细枝，环抱在主干周围，构成一个相对独立的家族。

每年清明前后，母亲总带我和弟弟去自家田塍上采摘茶叶。采茶叶，最需要耐心，得一个嫩芽接一个嫩芽去掐断，不能漏掉，更不能一会儿到这棵树上采采，一会儿又到那棵树上掐掐，是分不得神的。母亲能双手采茶叶，且频率快，就像麻雀啄食一样。而我只会用右手，且笨手笨脚，大半天仍站在一棵树前，站得腿脚发麻，往往一个上午也采不完几棵树。我时不时望着被茶叶汁液染绿的拇指和食指发呆，嗅着手上沾着的苦涩的清香。看到我泄气的模样，母亲总笑着说："顶个人头活命不容易，你真要好好读书！"

采茶确实是件苦差事。过不了十天，采过的树上又长出了新芽，我们又得一棵挨一棵地去采摘。我记不清一年中要采多少次茶叶。

在采来的茶叶中，以清明茶最佳，嫩而香。一般来说，茶叶越嫩越金贵，若清一色全是叶芽，就可以制作毛尖了。不过，老叶也不是毫无用处。母亲为了制作擂茶，偶尔也会吩咐我去摘些老茶叶回来，用井水洗净，晾干，然后连同芝麻、甘草、食盐等一起放进一只大擂钵，再用擂棍慢慢捣烂，最后装入陶罐，将瓶口密封保存。待到暑天，我们便取出擂茶，泡茶喝，口味独特，既解渴，又解暑。

除了采田塍上的茶叶树上的茶叶，我们还上山采过毛栗和苦槠树上的嫩叶，用来制作"山茶叶"。山茶叶，泡出来的茶是红的，俗称红茶，口味也差些，价格较便宜，多半用于煮茶蛋。

如果说采茶是对一个人的耐心的莫大考验，那么，烤制茶叶则是对一个人的细心的强烈挑战。茶叶太娇了。烤茶叶得用文火。一般烧稻草，把锅慢慢烧红，然后把当天采来的茶叶分批倒入锅中，一次不能倒太多，半锅就足够了。当闻到茶叶香味后，母亲用锅铲不停地翻炒，动作极快，紧接着，她将双手插入茶叶中，上下翻动，反复摩挲，直到茶叶被烫得发蔫，打卷，缩成团粒状，茶香飘满一屋，才将茶叶从锅中取出，包在旧报纸里，最后装进热水瓶的胆芯里密封保存，这样既能防潮，又能保留茶香。母亲一天要炒几锅茶叶，连衣服上都薰透了茶香。然而，茶叶很不经炒，看到大半锅嫩叶最后缩成一二两茶叶干，我打心里惋惜。想起当年母亲烤制茶叶的活计，我至今感到心疼和辛酸啊。

冬天，家里的农活少了。母亲逢集便去街上卖茶叶，换点零钱补贴家用。那年头，母亲只能通过这种方式勤劳致"富"。平时，我家里不舍得泡茶叶，但春节和端午节例外。正月，家里来客，母亲便热情地泡茶待客，说家里没什么好东西，并包些茶叶赠给客人。端午节，母亲常把年前剩下的陈茶叶用来煮茶蛋，茶香直渗入到蛋黄里，那口味才正宗地道呢。

时光荏苒，岁月如梭，转眼数十寒暑。我不知道故乡的村妇们从何时起都不再手工烤制茶叶了。但我可以肯定，母亲应该是在十几年前放弃了那门手工制茶的手艺的。一是因为子女先后考上了大学，相继参加工作，二是因为市场上的茶叶应有尽有，手工制茶效益太低。从此，手工制茶的技艺，就这样在故乡这个小山村里永远失传了。我感到欣慰，又感到惋惜。

古人曾说，茶可醉人何须酒，书能香我不需花。这自是人生的高远境界。故乡的村民可望而不可及。如今，值得庆幸的是，故乡村外的田塍上的茶叶树仍被保存着，尽管它们早已丧失了实用价值，没有人在意其枯荣。它们一如既往地站在村外的田塍上，像一排排篱笆一样。它们照样在春天萌芽，在冬天开花，还会结出造型优美的果实，像一个个微型南瓜。它们依旧散发出苦涩的清香。它们年复一年地守望着那方遥远而宁静的田园，像在回忆如烟的往事，又仿佛在等待远方的游子归来。

不过，那田塍上的茶叶树看上去似乎更苍老了。它们仿佛在某个时候就停止了生长，还有不少枝条早已枯死了。看其模样，你也许永远猜不出它们真实的年岁。我不知道，一棵茶叶树的寿命到底有多长？一棵茶叶树究竟能见证几代人的生命历程？一代人也许还看不完一棵茶叶树的一生。这些年来，我就看到母亲的双鬓添了许多白发，眼见不少长辈相继谢世，其中也包括当年春天提着竹篮采茶的村妇们。就像害怕夕阳带走黄昏最后的一缕晚霞，近年来我时常回故乡走走看看。每当看到村外田塍上那日渐老去的茶叶树时，我仿佛看到了自己不断远去的童年。再看看它们，看看那春天爆芽冬天开花的茶叶树吧，这是我对童年人事的最后挽留和深切怀念，就算岁月留给我的只是无奈的灰烬和虚无的幻影。

记忆深处的雪

  雪，从我的童年时下起。雪，同一个遥远的小山村有关。雪，从我的记忆深处飘来。

  冬天不下雪，我会产生种种错觉，以为年岁远未终结。似乎只有那漫天飘舞的雪花，才庄严地宣告了旧一年已临近尾声，新一年即将来临。可是故乡的雪并不多见。

  寒冷的冬日，闲坐幽室，偶尔窥见屋檐下的硕大的水珠缓缓滴落，闪着乍隐乍现的白光时，我总疑心在下雪了。而跑到外面去看，却每每让我失望。

  雪，似乎总在我不知不觉时悄然飘落。在我的印象里，雪好像多半在夜间下起来。我几乎没有任何预感，只是翌日清晨醒来发现室内和窗外一片白亮，迥异于往日，才知道原来夜里下过一场大雪。雪落无声，总是这样突如其来，悄然而至，令人深感意外。尽管唐代诗人白居易曾留下过"夜深知雪重，时闻折竹声"的名句，但若不是听到窗外园里的竹子被积雪压折的声音，我想睡梦中的人谁也不会留意到外面在下雪。

  记忆中，雪，除了在夜间偷偷下起来外，也爱在傍晚时分飘然坠地，无声无息，落在我童年时那个极其偏远闭塞的小山村里。往往是一两个人先嚷着，说下雪了，然后大家都夺户而出，出来看雪，欢呼着，迎接这一年中稀见的礼物。

  下雪了，外面静得出奇，我和伙伴们激动地在雪中飞跑，尽情欣赏鹅毛乱追，玉蝶纷飞，任雪花落白头发，沾满衣襟，竟浑然不觉。在我们的视野中，只有雪，一片片，一瓣瓣，一朵朵，一团团，纷纷扬扬，飘飘洒洒，冰清玉洁，美丽无瑕。

  我们在雪地上留下一个个脚印，就像一串串省略号，不断向前延伸着。在小山村，没有傲雪的红梅树，不能踏雪寻梅，我们也不时兴堆雪人打雪仗。但村外竹园是我们常去的地方，看到被雪压低的竹梢弯垂到路上时，我们便一个个从那"拱门"里钻过，见识一下"雪压竹子低，鸟从地上飞"的实景。此外，离村不到半里地，有一口小水塘，塘边有一口水井，井沿上盖满了雪，井里却冒出热气。趁天黑前，村民都到这里担水，后面往往也跟着我们这伙孩子，还有几只不安分的狗。此时此景，正好与一首古老的打油诗十分吻合，"天地一混沌，井里一窟窿，黄狗身上白，白狗身上肿"，蛮有几分野趣的。

雪越下越大，拉棉扯絮般，于是村民便提前烧起了"岁火"，烧的是从后龙山砍下的老树，一直烧到年后。此外，村民也将自酿的陈年土酒取出来，对雪畅饮。似乎只有酒的烈性才可以驱散雪的寒意，彰显出男人的阳刚。想当年的大唐诗人岑参在《白雪歌送武判官归京》诗中，他就是借着酒的烈性在胡天朔雪中送别朋友的，充满豪迈乐观的英雄气概。雪同样会唤起人们浪漫情怀。晚来天欲雪，能饮一杯无？在山村，村民除了邀客喝酒，就是上山围猎，捉打兔子麂子等野兽。至于儿童，则用酒拌米粒，去禾场上和山脚下醉鸟玩，捕到的鸟以麻雀居多，有时还有竹鸡、斑鸠等。

雪中的山村满目新奇，更接近书本里银装素裹、纤尘不染的童话世界，更像是特意为我们儿童建造的家园。我真想在这个全新的家园里居住，一住千年，永远年轻，快乐浪漫。

然而，雪似乎总是融得太快。当我看到远山积雪渐渐消融，山村人家的屋顶上也露出了大块大块灰暗的瓦槽，地面上的乱琼碎玉被践踏成一汪泥泞，一切都回复雪前的原貌时，我总不免感到莫名的失落和惆怅。我感觉自己曾被人热烈地爱恋过，脸上还有被亲吻留下的唇印，身上还有被拥抱留下的余温，但那人说走就走，绝情而去，置我于荒郊野外而不理不顾。面对雪的告别，我又像一个不谙世事的儿童，站在地上，无奈地看着自己心爱的风筝断线了，飞向越来越高的天空，渐飞渐远，最终在视野里消失。又有谁能够体会到一个少年心中的失望呢！

我在山村看雪的日子其实不过短短数年。此后的人生，我多半在外地求学和工作中度过，虽也曾多次看过雪，但总是印象模糊，就像看发毛的黑白照，朦胧得很，又仿佛在听别人的故事，缺乏现场感。

而今，我已是年奔四十的人了。我仍会像儿时一样盼望下雪。村里老人常说，下雪狗快活。我当然少了儿时的单纯与浪漫。相反，我感到一种彻骨的冷气。我把下雪看成年前的打爆竹一样，提醒自己又老了一岁，应该好好清醒一下，打理今后的日子。是谁说过，绿水本无波因风皱面，青山原不老为雪白头。听村里老辈说，我是在一个雪天来到白茫茫的人世间的。"质本洁来还洁去"，我也期望自己离开人世时，苍天能下场大雪，将我掩盖，将大地刷新，还世界一片洁白的记忆。

真的，我不知今生还能看到多少回雪。每年清明前后，我多半要回一次故乡，那个偏远的小山村。我常独自到村外的梨树林中漫步，仰望那一树树"香雪"，任落花一片片，一瓣瓣，如雪般轻盈，似雪般纷乱，落白我的头发，落满我的衣裳，终不忍拂去。也不知，这是对雪最铭心刻骨的迷恋，还是对雪最沉痛深切的悼念？

远去的萤火虫

"萤火虫，挂灯笼，飞到西来飞到东——"，这段童谣，我再熟悉不过了。

"映水光难定，凌虚体自轻。夜风吹不灭，秋露洗还明"，这个谜语，我记忆犹新。

曾几何时，萤火虫这种会发光的昆虫，无疑是我们最浪漫的朋友了。在夏夜的黄昏，在入秋的夜里，在村里的禾场上，在村外的小溪边，在近处的树荫下，在远处的瓜地里，常常可以见到萤火虫飞来飞去，闪着点点银光，拖着缕缕金线,乍隐乍现,明灭变幻。它们恍如迷失方向的灵魂在黑暗中探路,又仿佛顽皮的少年到处捉迷藏。我们经不住诱惑,便沿着那忽明忽暗的轨迹,一路追去。于是,那萤火虫便灭了灯盏,调转方向,或飞到稻田上,或钻入草丛中,或挂于屋檐上,让你在如梦似幻的挥握中空叹。然而这只刚飞远,远处的数点萤火又飘近,于是我们又欣欣然去追捕,赶得它们四散惊飞。

捕捉萤火虫,我们纯粹是为了好玩。我们常趁着天未全黑之际,带着玻璃罐,来到村外小溪边的草丛里寻找,发现那草茎上、叶上附满了萤火虫,轻易便能捕获数十只。回到家,我将小罐摆于床上案头,看萤火虫在罐子里挤挤挨挨,相互碰撞,齐放光芒,犹如满天星斗,璀璨夺目。当然,最有趣的是将满罐子的萤火虫放飞到蚊帐内,看它们或附在帐壁上,蠕蠕地爬动,或在帐内飞来飞去,如流星点点,让人目眩。

有时,我和小伙伴也效仿东晋时的浪漫少年车胤囊萤夜读。傍晚我们捉来一些萤火虫,把它们装进一个个白色塑料袋里。我们借着萤光看书,当然看的不是课本,而是有趣的课外书,特别是图画多于文字的连环画(被称为小人书)。说到底,与其说是在看书,还不如说是在做实验,我们近距离甚至零距离地感受着萤火虫发光带来的乐趣。

稍大后我偶尔翻读闲书,才知白日听蝉、黑夜赏萤,竟是旧时文人最心仪的暑乐。它们一大一小,一聒一静,一炎一凉,相得益彰。真的,若无此二物,夏天就丢了魂,儿童就丢了魂,文人就丢了魂。

随着年岁的增长,若还去捉萤火虫玩,就不合时宜了。记得读大学时,我还时不时会去捉萤火虫玩。一天晚上,当我带着弟弟从村外跑回家里,把逮着的萤火虫抛进蚊帐内时,母亲将我痛骂了一顿。她说我都二十出头了,一点儿出息没有,还跟一班孩子到处"疯"。为了说服母亲,我当时居然引经据典,奢谈童心可贵,追求浪漫乃人之常情,捉萤火虫玩无可厚非。我说,在清人沈复的《浮生六记》中,作者就携妻子芸娘于七月半鬼节到沧浪亭畔夜游,观赏放萤盛况,诸如"隔岸萤光明灭万点,梳织于柳堤蓼渚间"之类的描写,着实令人心动。母亲听后很不爽,说沈复是作家,人家是为了捕捉灵感,而你分明是胡闹。于是我又找来证据，说隋炀帝喜好夜游，在长安、洛阳、江都等处，都曾大量收集萤火，在夜游时放出，光照山谷，无比壮观。母亲恼了，说人家贵为天子，你怎么可以同他相比？

不过，我还是不服输。我说，中国人玩萤火虫的风俗还流传到日本。在日本古典名著《源氏物语》等书里，都曾写到放萤的场景，非常有趣。看，闷热的夏夜，人们在空旷的晒场上，搭起数座高台，台下围满观赏的人群，有人站于高台上，将满罐满袋的萤火虫泼洒下来。顿时，那无数萤火虫便在幽暗的夜空中高飞低飘，流光万点，就像下了一场流星雨，让人头晕目眩，齐声欢呼。更让人开眼的是，日本的一些宾馆为了招徕顾客，一到夏夜便放飞萤火虫，营造惊艳动人的背景和氛围。我还想说下去，可母亲早听得不耐烦，骂我读书读成书呆子了。我无话可说。

后来，我再也没去捉萤火虫玩。然而，让母亲万万没想到的是，还不到二十年光景，故乡一带的萤火虫就越来越稀见。夏秋的夜晚，村里村外几乎找不到一只萤火虫。母亲常说，这村子变得越来越寂寞了，房梁上的燕子少了，禾场上的蜻蜓、蝴蝶少了，田里的螺蛳、石鸡、泥鳅少了，甲鱼几乎绝迹了，就连夜间发光的萤火虫也消失了。这回总算轮到她无语了，从她的口气中，我听出了深深的感伤和无奈。她不会再瞧不起我捉萤火虫玩了吧！而我也的确好多年没见到萤火虫了，无论在城市周边，还是在偏远的乡村。

萤火虫啊，你们是何时从我身边悄悄消失的呢？你们为什么也不招呼一声，就集体失踪呢？你们上哪儿去了？躲迷藏？还是被风刮走了？这年头，人们已很少有闲心和兴致来关注你们。我只是想，如今恐怕有许多孩子从未见过萤火虫，更未捉过萤火虫玩了。他们的童年和少年时代，是不是缺少了些许浪漫的诗意，甚至因之黯然失色？每当回想起那些捉萤火虫的夜晚，我心里便会涌起一种温馨感和幸福感。是的，我是一个捉过萤火虫玩的孩子。我曾同一种会发光的生命结为最亲密的伙伴。我曾是一个多么自由、快乐和富有的人啊！

自 制 墨 水

年少时，我曾做过许多看似幼稚的"荒唐事"，比如用植物的花或果制作墨水。

鸭跖草多生长在乡村的墙头路边，或田头地角，其叶像竹叶，但叶面较厚。夏天，它会开出天蓝色的小花，薄而透明，就像一只只小小的蓝蝴蝶栖息在枝叶间，展翅欲飞。儿时，我常到村外的马路边采摘其花朵，用手揉搓，挤榨出蓝色的汁液，滴入小玻璃瓶里。那汁液散发出特有的芳香，它便是我自制的纯蓝墨水。

地蕨是一种匍匐于地面的爬蔓植物，卵圆的小叶，夏初开出粉红色的小花，盛夏结满乌黑的果实，比"碎米子"略大些。地蕨果可以摘来吃，很甜，我也因为贪吃地蕨果而常把舌苔和嘴唇染得墨黑。当然，地蕨果乌蓝乌蓝的汁液，是制作蓝黑墨水的好材料。我用它制作过好几瓶蓝黑墨水。

吊蕨是一种山间林中灌木，生长极慢。春天，枝上长出簇簇嫩叶，不少村姑采其叶芽制作山茶叶。夏初，吊蕨枝上开满稠密的小花，不久便结成无数青绿的小果实。秋天，吊蕨果子成熟了，紫黑发亮，吃到嘴里，涩中透甜，汁水丰盈，开胃解渴，让人越吃越爱吃。记得当年上山砍柴时，我常采吊蕨吃，吃得满嘴尽黑，怪吓人的。吃不掉的吊蕨，我便带回家，榨取汁液，滴入玻璃瓶里，便成为天然的紫色墨水，那是在任何商场里都买不到的。

此外，商陆的果子也是制作紫色墨水的好材料。春天，商陆渐渐长高长大，其叶如牛舌而长，夏天开红紫花，作朵。秋天，商陆结出粽子大小的果实，成熟后由淡绿转为紫黑。我有时也会采摘其果实,榨取汁液,制作紫色墨水。

这些不同颜色不同种类的墨水,给我带来无穷的乐趣。读小学时,我买不起水彩笔,就用这些自制墨水绘画,画蓝色的天空,画紫色的花朵,画我梦中的世界。我挥毫泼墨,毫不吝惜地使用着天底下最廉价的墨水。我也因此常常弄脏手指和衣袖,多次遭到父母的教训,甚至连那自制墨水也被倒进臭水沟里。但我痴心不改,仍背着他们偷偷制作着纯天然的"墨水"。

上中学了,我手上也有点儿零花钱了,但舍不得乱花。我常用鸭跖花制作的纯蓝墨水和吊蕨果汁液制作的紫色墨水,来写日记和抄作业。那字迹留在纸上,光鲜流畅,还散发出一种特有的芳香。有几回,我用那紫色墨水抄作业,遭到老师的严厉批评。我百般解释,说自己用的不是红墨水,没有不尊敬师长的意思,但我的作业本还是被扣留了。此后,我再也没用紫墨水抄作业了,而是专用于写日记。在初中,我用这种最廉价的墨水写日记,坚持了两年多,共写完了两本厚厚的日记本。上高中后,我仍有写日记的习惯,但不再使用自制墨水。

时隔多年,我当年用自制墨水画的画作早已灰飞烟灭,但那两本日记本还在。一次,我整理书柜时,无意间发现那两本日记本。我很惊喜,重新翻读那一篇篇多年前的日记。我看到纸页有些发黄,但那一行行稚拙而工整的字迹仍清晰可辨,甚至光鲜如初。不过,日记中的那些琐屑的往事,我大都已印象模糊,回忆不起具体细节了。我读着读着,就像进入到一个飘满云雾的熟悉的梦境中,亦真亦幻。想起少年时做的荒唐事,我已不觉得遗憾,反而觉得很欣慰。是的,我深信,那些留在日记本上的或蓝或紫的稚拙的字迹决不会轻易化作一堆云烟,因为它们穿越数十年的时空,一往情深地提醒着我:一个人活着,就要有探索的精神和创新的勇气,敢于蔑视一些世俗的规矩和法则,始终带着浪漫和诗意前行!

乡 间 小 亭

　　亭子像撑开的伞，伞又像移动的亭子。是先有亭子，还是先有伞呢？相传亭子是古代鲁班的发明，鲁班妹子从中受到启发，发明了伞。无论亭子，还是伞，都富有古典美，让人感受到一种亲切的人文关怀。而对路人来说，亭子则更像一个临时的家。我向来对亭子有着特殊的好感。

　　"长亭外，古道边，芳草碧连天"，在城郊，在旅游景点，造型精致的亭子并不稀见。在我生活的城市抚州，梦园里富丽典雅的牡丹亭，梦湖畔的仿古八角木亭，汝水森林公园的观景亭等，都给人留下了美好的记忆。它们既恰到好处地点缀了风景，又给游人提供了歇息之处。然而，在前不见村后不着店的乡野地带，行人若能见到一座亭子，那该是莫大的缘分和福分了。因此，我特别怀念那些扎根于荒郊野外的小亭子，它们默默无闻地为路人提供着庇护。

　　记得上初中时，我才十几岁，挑着米袋和书包，从家里赶往桐源中学读书，要走十多里山路。一路上很少遇到村庄，途中只有一座跨路亭，那是我心中的"圣地"。我巴不得立即到达，然后放下行李，好好歇会儿。那亭子谈不上美观，灰砖黑瓦，远看像座小庙，有一条古道穿亭而过。亭内有两条长木凳，供行人休息。长凳上，常坐着一个老人，摆着担筐，卖着糖饼。我问他，沿途为何不多建些亭子。老人说，过去这里为一条驿道，名叫临樟大道，是临川通往樟树的交通要道，沿途建有不少凉亭，供人歇脚和喝茶。后来附近修了公路，驿道荒弃，凉亭也大多倒塌。不过，离此亭约6里远的水源岭下村，村后有座状元岭，岭上有座跨路亭，砖木结构，颇有气韵，由于年久失修，早已破败不堪，却至今犹存，也该算是一处古迹了。

在故乡，仍保留下来的凉亭极少。在故乡一带的其他乡镇，我见到的凉亭也不多。在孝桥通往斗门的路边，有一座孝义亭，大有来头。据说孝义亭和孝义桥，都是为了纪念抚州先贤王渔。他卧冰求鲤孝敬父母的故事在抚州坊间乃至全国广为流传。孝义亭除了具有供人歇凉避雨的用途外，更具有教育后人孝敬长辈的现实意义。

而在嵩湖乡梦港河上有一座硕长的古石桥，九墩十孔，长约百米，人称梦港石桥。桥东头不远处有座古亭，石柱子上镌刻着一副落款"河东居士"的古人的对联：半壁青山茅店倚，一溪流水石桥横。字迹苍古而妍美，对联颇有意蕴，耐人寻味。此石亭距宋代抗金英雄聂昌故里下聂村很近，离昔日盛产乌石的乌石山也不远。听说，乌石含铁量很高，非常牢固，抚州文昌桥和梦港石桥的石料就取自乌石山。恨早以前，古桥和古亭是临川商人去福建和广东的必经之路。可以想象，当年不知有过多少商贾游客在亭中歇息驻足，或避风躲雨。

在家乡一带，还有另外一种类型的凉亭，那就是抚河岸上的防洪亭。从罗针到华溪的抚河中洲堤上，每隔几里路就建有一座防洪亭，它们方方正正，用红石砌成，外表涂刷了水泥，只朝外开了个小门，里面大多堆放着农具和稻草。下雨时，防洪亭便成为人们的避雨场所。而盛夏时节，过路人也偶尔会到里面歇凉。

如今，乡村路边的亭子越来越少了。尽管近年来乡村修了许多水泥路，路边建了不少候车亭，但多狭小，里面也没座位，人们只能站着候车。碰上雨天，更免不了遭受风吹雨打之苦。要是这些候车亭都能建成路边凉亭，稍微注重美感，在里面设些石桌石凳，再摆个茶摊，那不光方便路人，还将大大提升文化品位。当然，无论朴素还是精致的亭子，其爱心总是令人感动的。

想起摘杨梅的日子

梅雨不停地下着，凤岗河畔的杨梅悄悄地由青变红，从里头红到外头。它们红中透紫，紫中带黑，像一个个小灯笼，分外诱人。

记得少年时，故乡的杨梅树特别多。那年头，乡下孩子没有什么水果好吃，口馋得紧。每年端午节前，邻近村子的少年都背着书包，赶到山上摘杨梅。大伙分散到各个山头找杨梅树，欢声笑语响遍山林，惊得鸟雀扑棱棱乱飞。

那山上林深树密，光线幽暗，路面湿滑。我们一路用手扯着柴草，还不时摔倒。当好不容易找到一棵结满果实的杨梅树时，我们又惊又喜，激动得大嚷大叫。大伙一个个脱去鞋子，争相往树上爬，踩得枝条乱颤，一些熟透的杨梅纷纷坠地，地上落满了杨梅，有刚落的，有几天前掉下的，连同断枝残叶，狼藉不堪。但我们毫不惋惜，而是一个劲地从枝头上摘取最新鲜的杨梅，不停地往口里塞，那滋味酸中透甜，甜里带酸，酸得人牙齿发软，却仍忍不住要吃。实在吃不下去了，我们便将它们塞进书包。装满书包后，我们又将它们塞进口袋。口袋满了后，我们便将它们塞进背心。那时，我们男孩子穿背心总将下摆夹进裤腰内，背心便成了一个大口袋。我们将大把杨梅从背心领口往里塞，越塞越多，塞得背心鼓鼓的，活像一只大青蛙。下树后，大伙相顾而笑，笑话对方怀了身孕呢。摘杨梅的乐趣，让我至今记忆犹新。

当然，我们摘杨梅也吃过不少苦头。那年头山上的花脚蚊子很多，个头小，但毒性大，一叮脸上就长包。除了要提防花脚蚊子，我们还得当心毛毛虫和百足虫。大毛毛虫有食指般粗，黄褐色，毛茸茸，要么一动不动趴伏在树身上，要么身子一伸一缩地爬着，怪吓人的。最可怕的是百足虫，大多有三四寸长，浑身白一圈黑一圈，如斑马颈上的斑纹，又似银环蛇身上的图案，身下长有数不清的小脚，爬得慢，多半趴伏在树身上，尤其是在树蔸处。看到它那魔鬼般的模样，我常吓得手心发凉，生怕不小心碰到它，弄得夜间做噩梦。听村里长辈说，一个人若被百足虫咬伤，将无药可救，我想这大概是戏言吧。不过，我太怕百足虫了。有一回，我爬杨梅树时，忽然感到手心冰凉，一瞧原来摸到百足虫了。天啊，我慌忙撒手，从树身上滑落下来，一屁股跌坐于地，半天不能动弹。我曾发誓不再上山摘杨梅。但等到来年杨梅红熟时，我又忍不住同伙伴们一起上山去。

摘完杨梅下山后，我们大都要从村外的水塘和水井边路过。这时，洗衣的村妇村姑们无不笑话和打趣我们。金香婆一边手举棒槌捣衣，一边笑着说："你们这伙短命鬼，又到山上摘杨梅了，当心被狗熊（指狼）吃掉。一个杨梅三点火，性热，吃多了没好处。"而一向说话很油的桂花婶则笑骂道："杨梅没过节（端午节），吃了你娘会烂——"

不过，说归说，骂归骂，等我们在井边洗净杨梅后，金香婆和桂花婶她们都争着要尝鲜。

我们摘的杨梅太多了，一时吃不完，家长们便拿去晒干，再用糖腌，但口味比城里卖的袋装杨梅干差远了。于是，一些有经验的长辈，索性将鲜杨梅，连同冰糖、生猪油、蛇肉一块浸泡于土酒中。一两个月后便可开坛，酒色通红，又黏又稠，又柔又醇，口感极好，但后劲特强，容易醉人。

这都是多年前的事了。自分山到户以来，故乡山上的树木遭到过度砍伐，尤其是判山，将大小树木一次性砍光卖完，使不少山岭剃了光头。而杨梅树更是被看成杂树，大多被砍掉。于是山上的杨梅树越来越少了。而我也渐渐长大，去镇上的中学念书了，便很少去摘杨梅。后来，我考上大学，再后来，参加了工作，便很少回故乡了。杨梅一度在我的记忆中淡出。

然而，近来，在城里的超市和水果摊上，我竟看到了久违的杨梅，一问价钱，最贵的卖到十块钱一斤。更让我惊喜的是，在我居所附近的凤岗河两岸，竟栽种了成片的杨梅林，红红的杨梅挂满了枝头，引来鸟雀争相啄食，成为城区一道美丽的风景。我不由得想起家乡山上的野杨梅来。故乡的山上还保留了多少杨梅树，杨梅红了吗？故乡的少年还会上山摘杨梅吗？我想，那杨梅该不会在梅雨中悄悄地红，静静地落吧。

站在无人的村庄

近年来，由于城市扩建，我发现城郊的不少村庄都已搬迁，就像草叶上的露水一样消失了。

最让我难忘的是抚州梦湖北堤路旁的朱家村。看上去，村子并不大，却拥有数百年的村史。记忆中，朱家村的民居大都很朴拙，但还算干净整洁。村子四周，古木森然，竹林清幽，百鸟啁啾。小村仿佛是一个藏在树影里的村庄，透出特有的静谧与闲适，笼罩着一层隐逸氛围。

小村外有一条小港，港水清清，绕村而过。小港之上，静卧着一座古老的石桥，石桥很长，造型优美，石板很旧，上面留有古代独轮车轧过的辙迹。桥头古樟掩映，桥墩的石块缝隙间还长出丛丛簇簇的小野竹。就在石桥通往村里的那段路边，有一片古樟林，枝繁叶茂，浓荫覆地，里面很阴凉。我在林子里曾见到一块刻有"泰山石敢当"的石碑。每当夕阳西下的黄昏，几个头顶草帽、手持竹竿的中老年人常蹲在石桥上，悠然垂钓。暮色中，有时还能依稀见到三两个晚归的农夫牵着大水牛，缓缓地从石桥上走过，回村里去。这是一个充满田园情调富有隐逸氛围的古村，着实让久居闹市的人神往。

不过，这已是数年前朱家村留给我的最后记忆了。去年，朱家村已举村搬迁，另择新址了。老村里的民居荡然无存，村外的小港已成为梦湖的一部分，那座古老的石桥也被拆除。不过，我还能清晰地看到朱家村曾经存在过的影子。毕竟，村里村外的老树，如大香樟等，大都仍留在原地，忠实地守望着昔日的家园。尤其是月夜，独自站在那片古樟后，看一轮烟月从湖上升起，清辉四溢，水天一色，我不禁地想起唐代宰相张九龄"海上生明月，天涯共此时"的诗句，从而对这个迁走的村庄更加惋惜和怀念。

竹林村也是一个让我怀念的村庄。它位于抚州城区西北约两里的抚河畔，建在河道西侧。每年汛期，抚河水都会浸漫到村后竹林外的沙滩上，威胁村子的安全。小村因村前村后栽满竹林而得名，真名反被人忘了。十多年前，我读大学时，常邀同学去竹林村的竹林中漫步。然而，几年前，小村竟然整体搬迁了，留下几栋破旧的砖木房，还有几棵柚树、几十棵板栗树和大片的竹林。前些日子，我再去村里拜访时，村中房屋大都被拆除，当然，在荒草野竹杂树丛中，仍能看到几处风雨飘摇的断壁颓垣，见证着小村的沧桑变迁，甚是荒凉。

今年入春后，我又到城区东南的郊外闲逛，无意间发现一个被拆迁的村庄，村里的破旧房子仍保存着，但里面空无一人，房前屋后长满灌木和杂草，看不见一只鸡狗。我看见好几棵桃树从墙头屋角探出大半个身子来，开满粉红的花朵，犹如身披婚纱头顶红盖头的娇羞的新娘，被人无情地冷落和遗忘。桃花静静地开着，冷冷地开着，似乎只为自己开放，并不稀罕谁欣赏和怜惜。我站在村里，守望着村里寂寞的春天，仿佛回到几百年前的岁月里，同桃花一起慢慢老去。

站在这些人烟飘散、余温尚存的村庄遗址上，我有种说不出的感慨。一方面，我为城市的繁荣而充满自豪感，一方面，我又对这些美丽的村庄依依不舍。难道，一个村庄的历史就这样终结了吗？一个村庄的文化就这样消逝了吗？是啊，谁也挡不住城市扩张的脚步。城市的天空上仿佛飘浮着一张巨大的幕布，是谁在扯着幕布的四角朝郊外奔跑？眼见一个个村庄、一片片田园、一座座山头纷纷消失于那"幕布"的阴影下，我常想，那些搬迁的村民，有的住进了新村，有的住进了城里的商品房，融入了现代城市文明，他们还会怀念过去的村庄吗？还会去瞧瞧村里幸存的老树吗？我心中不禁涌起一股莫名的惆怅。

第二辑 / **心灵放牧**

听　蝉

　　在这炎热的午后,蝉声四起,一浪高过一浪,一浪淹过一浪,仿佛满世界里都是蝉声。然而,我到处寻找,却到处都看不到一只蝉。到底是一些蝉在歌唱,还是所有的蝉都在歌唱? 它们是躲在树叶间、草丛中歌唱,还是藏在人家的房檐下,甚至地底下歌唱?

　　蝉声响起来,节奏是那么整齐,根本分不清是哪只蝉先唱,哪只蝉后唱,哪只蝉先停下来,哪只蝉后停下来,仿佛它们同时起唱,又同时停唱一样。

　　有人说蝉声太噪,歇斯底里一般。不,我以为,蝉声再吵,那也是从血肉之躯内发出来的;再怎么难听,也比机器制造的噪音好听的多;再怎么狂热,那也是充沛旺盛的生命能量的释放与宣泄。

　　较之寺庙里的木鱼声,木鱼声只会让人心如止水,无思无欲;蝉声则让人更加珍惜、热爱生命,对人生充满希望和热情。木鱼声是出世者的安抚曲;而蝉声,则是入世者的赞歌。

　　听蝉声,有时为何竟让我热泪盈眶?

　　人生苦短,岁月无多,而蝉的一生更短。它们一生中的绝大部分时光(大约三四年)都在地底下黑暗的洞穴里度过,暗无天日、默无声息地度过,而在阳光下生活的日子总共才不过三四十天。幸福的时光总是分外短暂,阳光下的每一天都是一个盛大的节日呀,它们又怎能不尽情地歌唱呢? 它们唱得如此高亢、响亮,唱得如此紧锣密鼓、骤管繁弦。它们唱得声嘶力竭、筋疲力尽后,不能在歌唱下去了,便悲壮地死去,死在落叶纷纷的深秋季节里。

　　蝉总引起我特殊的敏感,以至于当我看到日本《源氏物语》中空蝉这个女子的名字后，便想到了自然界中的蝉，预感到主人公不幸不祥的结局。

岁月流转，光阴难留。蝉声总刺激着人们敏感的神经，震撼着人们脆弱的心灵。"那堪玄鬓影，来对白头吟"，唐代诗人骆宾王在狱中听到外面热烈的蝉声，引起了他对幸福的日子的无限眷恋与怀念，更激发了他对自由幸福生活向往与热爱，满头白发、蹉跎岁月的他也不禁感慨万千，潸然泪下。

蝉们唱着生命的恋歌，从容地走向死亡。蝉也会死亡吗？不知何故，每当秋深我看到树上垂钓着的空空的蝉壳时，便疑心蝉并没有死亡，而是暂时离开了躯壳。它们的灵魂早已潜入三界，在三界内周而复始、生生不息地轮回着活下去，活下去。

是啊，可以预料，明年的蝉声还会响起，热热闹闹、轰轰烈烈、铺天盖地地响起。那时，听到那热烈的蝉声，我的心将会一点一滴地温暖起来。诚然，那些鸣蝉中将没有一只是今年的蝉；但在我看来，明年的蝉与今年的蝉并没有两样，一样是生命的执着的歌者。我将一如既往地倾听下去。

古书里的草木

我从小爱植物，喜欢认识各种草木。无论是读《诗经》《楚辞》，还是看《神农本草经》《本草纲目》等，我在很大程度上就是想了解和欣赏书中那些诗意的草木。

有些草木，一看其名字，便会令人产生无尽的遐想。鸢尾，是不是一种花朵很像鸟尾巴的草？玉簪，是不是其花茎像玉簪一样精致漂亮的花？虎杖，是不是其茎秆上长有老虎斑纹一样的斑斓图案？当然，一些草木，你从它们的名字便可想象出其大致的模样。但也有不少草木，你单看其名字，望文生义，往往会产生美丽的误解。半边莲，是一种生在湿地的小草，秋天开淡红或紫色小花，同莲花没有任何关系。蕺，名字怪怪的，其实它就是乡下人常见的鱼腥草。忍冬，原来就是很多人见过的那种牵藤扯蔓的开黄白小花的金银花。徐长卿，多像一个人名，其实却是一种药草。还有女萝、曼陀罗、天仙藤、千岁藤、女贞子、王不留行等，名字看上去极有诗意，而事实上它们并没有人们想象的那么神秘和美丽。更有些草木，单看其名字，你无法判断它们为何物，如慈姑、薏苡、独活、女萎、赭魁、萝摩等。

在《诗经》里，提及和描写到的草木特别多，它们不仅增添了诗歌的浪漫唯美色彩，也大大激发了我的好奇心。我不断尝试到现实的土壤里寻找那些古书里的草木。我惊奇地发现，其中不少草木的名字早已更改。在《诗经》里，"蒹葭苍苍，白露为霜"，蒹葭现在叫做芦苇；"于以采蘩，于沼于　"，那蘩现在叫做白蒿；"采采卷耳，不盈顷筐"，那卷耳现在叫做苍耳；"采苓采苓，首阳之巅"，那苓现在叫做甘草；"薄言采芑，于彼新田"，那芑现在叫做苦菜。《诗经》里提到的"萧"就是现在的艾蒿，"菘"是现在的白菜。《诗经》里有一首很有名的诗《采薇》，我当初不知薇是何物，后经多方打听，才知道它竟是野豌豆苗。而在《诗经》里《关雎》一诗中，"参差荇菜，左右流之"，我很想一睹荇菜的真实模样，但不知它到底是何物，后来问一个老汉才知它就是水镜萍，湖池水泽多有生长。一个偶然的机会，我在一处野湖边总算看到了它，叶子圆圆的，镜子般大小，挤挤挨挨，浮贴水面，叶与叶的缝隙间抽出数枝花茎，开着黄花，样子颇似睡莲，有种让人心静的古典美。

在充满浪漫主义色彩的《楚辞》中，提及和描写到的草木更是不可胜数。当我读屈原《山鬼》一诗时，"若有人兮山之阿，被薜荔兮带女萝"，那薜荔和女萝让我非常好奇。每次回乡下老家，我总请教村里的长辈，问它们到底是何物。一次，有位大伯把我带到一座古庙后的老枫树下，指着那缠绕在树身上的青藤介绍道，这就是薜荔。它在一些古村落很常见，多爬老墙，缠古树，攀崖壁，会结莲蓬一样的果实，人称木莲，也有人俗称乒乓子，可以用来做凉粉，清热解暑，风味颇佳。至于女萝，据《本草纲目》介绍，它又叫松萝，或叫松上寄生，是一种长在松树上的寄生植物,可做草药。可惜的是,我至今未见到过女萝。

行走在现实的土地上,按图索骥般地寻找和认证古书上的草木,这是充满乐趣同时也不乏挑战的事情。有不少草木长得太相似了,依照图片和文字介绍,我很难确定它们到底是什么。朱砂与矮地茶叶子相似,长得矮,且都结珊瑚珠一样的小红果,一不留神便会看错。川芎、蛇床和藁本的叶、花、形酷似,容易混淆。石龙芮与毛茛,都绿叶黄花,果实都似青桑葚;常春藤与何首乌,藤叶形色如出一辙。营实和金樱子的花、叶、茎一般无二,若不看其果实,那是万难区分的。而水蓼、马蓼、茳草、火炭母草,它们乍看上去仿佛一个模样,即便是长期生活在乡村的人也难以分辨。

此外,在山野间寻找那些陌生的草木,也很艰辛,甚至有风险。为了见识一种稀有的野爬山虎藤,我曾多次到乌石山和神仙岩考察,深入一个个古老的岩洞,有一回险些被蝙蝠和毒蛇咬伤。尤令我难忘的是,去年深秋,我到龙虎山游玩,无意间看到仙水岩的崖壁上开着星星点点的红花,有些神秘感,细瞧竟是萱草花(乡下俗称黄花菜)。这怎么可能呢? 一是崖壁上几乎没有土壤,二是山外的萱草花早在端午节后就开完了。我怀疑自己看错了。我忍不住爬上崖壁,连根带泥拔起一棵萱草花,准备拿回家做盆景,没想到下来时一脚踩空,差点摔断了腿。回想起来,我至今心有余悸。

我没有练就采药翁和地质勘探队员那种攀崖爬壁、穿林越野的本领,但我对那些陌生、原始甚至神秘的草木的兴趣丝毫不减。古书中诗意的草木啊,当我沐着阳光,走向大自然的深处,低头寻找和认证你的存在时,我的心情总是特别激动和喜悦。每认识一种新的草木,我就像结交了一个新朋友。我凝望你的身影,抚摸你的枝叶,亲吻你的花朵,闻嗅你的气息。你是我们永生的朋友。你穿越茫茫时空,从远古存活到今天,又从今天存活到未来。你永远清新美丽,鲜活如初,你永远生生不息,欣欣向荣!

采　薇

在我乡下老屋厅堂的墙壁上，有一幅国画《采薇》，犹如一顶闲置多年的草帽，早已蒙尘裹垢。

国画很老，边缘都已泛黄。画中的古木、顽石、人物，古风悠悠。风吹过好多年了，作为画中人的伯夷、叔齐，你们身穿旧袍，发丝凌乱，却仍儒雅斯文，相对席地而坐，似在低声细谈，又像陷入痛苦的沉思。你们在谈些什么，又在想些什么呢？据说，你们以殷商遗民自居，不肯降周，不食周粟，结伴遁隐山林，采挖薇蕨，艰难度日。你们疲倦了，便坐在山中顽石上，或静卧松风下，要么相对弹琴，要么说着知心话。你们的琴声古朴而优雅，但你们却最终双双饿死在首阳山中。

多少年来，你们或以铮铮傲骨、守志不移，而被传为千古佳话；或以不识时务、食古不化，而屡遭贬斥嘲笑。你们深居画中，该作何感想呢？

我一次次欣赏着这幅古老的国画。画中山势险峻，古木苍苍，顽石青青，画中人面有菜色，衣衫破旧，常常为一顿白米稀饭举止失措，却依旧固执、清高。面对国画，我静默无语。伯夷，叔齐，我为你们深感不幸，也为你们深感不平。有时，我情不自禁地向你们致意。有时，我真想从画中折下一根松枝点燃，再照一遍画里的铮铮骨骼，然后手捧国画，如双掌捧璧，步入现代社会的漠漠红尘，再现那湮没已久的古韵和神采。

可惜，此画并非真迹。听说，那真迹早已漂洋过海，价值千金万金，可有此事否？深居画中、幽禁山林的伯夷、叔齐，你们可听说否？你们还到山中砍薪采薇吗？你们还静坐松风下，相对说着知心话吗？你们的仪容宛在，而你们的声音却寂不可闻,你们的想法更是无从得知了。为了坚守自以为高尚的人格,安抚桀骜不驯的灵魂,你们付出了太多太多,而又有多少人知道你们真正的价值呢?

何处可采薇?站在画前的是几千年后的我,站在我面前的是几千年前的画中人。隔着几千年的漫漫时光,我和画中人默默无语。何处可采薇,伯夷,叔齐,我多想听听你们的诉说!

暗室的仙人掌

楼下有个储物间,室内异常安静,窗外草坪里栽满花木,四季鲜花盛开,景色宜人。于是,我便将它打造成一个简易书房。里面书架一个,书桌一张,藤椅一把。没事时,我便躲到书房看书写稿,或者稍事休息。

久了,我感觉书房里似乎缺少了点什么。到底少了点什么呢?是生气!要是在书桌上摆个花盆,养点兰花、萱草什么的,肯定会倍添情趣。然而,室内昏暗,没有阳光,要养活花草又谈何容易。忽然,我脑中灵光一闪——要是养棵仙人掌,准会成功吧。

我找到一个旧瓦罐,装满泥沙,在里面栽了仙人掌,置于书桌中央。我把它当作一个最廉价的盆景欣赏。

春天,我发现仙人掌叶片开始饱满起来,叶面上还萌发了几点嫩芽。我十分惊喜,心想,古人常说万物生长靠太阳,看来也未必吧。果然,不久,一片叶子顶端的一棵嫩芽竟硕大丰满起来,茁壮成长,就像一根淡绿的手指直指天空。

夏天来了,我很少进书房。一天,我再进书房时,竟发现那"手指"有一尺多长,绿中透黄,黄中泛白,甚至通体透明,就像美玉一样。谁说生命离不开阳光?谁说大千世界没有另类和奇迹?这书桌上远离阳光的仙人掌,不是照样生存下来了吗。我心里很是得意。

秋深，窗外的泡桐树叶子黄了，落了，山茶树上又结满了透红的花蕾。我再进书房时，却惊异地发现那"手指"蔫了，软了。我感觉肯定是缺水造成的。于是，我不时给仙人掌浇水。可是，不久后，我发现仙人掌的根部烂了，枯黑的身子歪倚着。

我把仙人掌重新插好，将瓦罐摆到窗台上晒阳光。没过几天，我看到那仙人掌又奇迹般地"复活"了，枯黑的叶片返青了，叶子顶端那根蔫软的"手指"又坚挺起来，向上竖起。

我输了。生命需要阳光，生命最终离不开阳光。我为什么偏要去怀疑，不断折腾，用阉割生命的血性与阳刚的方式去试验和证实呢！

同样的错误，我还犯过多次。那年深秋，看到人家提前拔掉地里的茄子树、辣椒树，改种白菜、大蒜等，我很是不解。瞧着辣椒树上青青的绿叶，枝头还开着星星点点的小白花，甚至还结了丁点大的小辣椒，我深为惋惜。我坚信辣椒树未必不能安然过冬。

然而，不久后的一场霜冻，把我的希望彻底冻灭了。我发现自己阳台上塑料箱里的辣椒树上的叶子全部落光，枝条也冻蔫了，那些还开着的小白花永远也结不成果实了。我这才明白，辣椒树过不了冬，留着中看不中用，还不如早拔掉，改种香葱、大蒜呢。

是的，人生在世，我们总希望自己能创造出奇迹来，因而常常不听老人言，不信常规，硬要抱着侥幸的心理去试验、冒险、闯荡，结果屡屡碰壁，后悔莫及。真的，人生没有多少光阴可以蹉跎。早知如此，我们还不如多一些理性，全力以赴去做些靠谱的事呢。

有一种花叫蓼花

有些花，你时常见到，但说不出花名。而有些花名，你时常听到，但对不上花，比如蓼花。读小学五年级时，我在《水浒传》最后一回《宋公明神聚蓼儿洼徽宗帝梦游梁山泊》中，就读到有关它的描写，但却一直不知道它到底指何花。

小时候，在故乡村外的小溪边，田埂上，山坡下，山谷里，我常看到一种野花成片地生长着，枝茎紫红，长得又瘦又长，分成好多节，村民将其唤作"节节草"。那时，我不知道它竟有一个诗意的学名——蓼。蓼花开在夏秋季节。蓼花开时，吐穗扬花，花色粉红，小如米粒，挤挤挨挨，密密层层，喧闹至极。起风时，那大片的蓼花上下起伏，不断涌动，让我想到花海。在我的印象里，蓼花开得最热闹的时候，是在秋天。在田沟里，在小溪畔，在山脚下，蓼花毫不吝啬地挥霍着生命的激情，不知疲倦地盛开着，其花事极长，以致我至今记不起它们到底在何时凋谢。

在乡村，我们谁也不曾在意蓼花的开落。在我们眼里，蓼花太多，太密，太小，极不起眼，是闲花中的闲花。因此，蓼花开得再喧闹，也只能引起蜜蜂和蝴蝶的关注，而得不到人们的欣赏。它们看似热闹，其实异常寂寞啊。它们固守着那点弥足珍贵的野性，执着而任性地开放着，无忧而无望地开放着。它们年复一年的漫长的花期，一如农家少年喧闹而寂寞的青春岁月。

那时候，几乎每天下午，我和小玩伴们都去离村两里外的一处山谷里放牛。那山谷中有一片草地，约有十亩，里面有积水，长满蓼草，它们卧地舒枝，扶风扬穗。我们把牛儿赶进草地后，就上山采毛栗（外形像板栗，比板栗小得多），连枝带叶折断。等采到一大捆后，我们便堆放到山下草地里，点起篝火，将毛栗烤熟，那味道真香。此外，我们还在草地上烤红薯和豆荚吃。有时，我们也围坐在草地上打扑克消磨时光。我们不敢回家太早，因为回去后家长会责骂，说牛还没吃饱草，你们就回家吃饭。因而我们总是等到太阳落山后才回家。

记得一个秋日的黄昏，眼看夕阳就要落山了，我们赶忙走进山谷寻找牛儿。刚进草地，我们惊异地发现，那片草地上的蓼花全开了，粉红一片，如霞似雪，如绸似锦，散发出阵阵幽香，就像一个美丽的童话世界。我们看呆了，禁不住扯起大把大把的蓼花，编成美丽的花冠，套在头上，就像戴王冠一样。此时，牛儿在蓼花中吃草，而我们则在蓼花中奔跑，疯闹。我们踩倒大片的蓼花，但毫不可惜。我们在蓼花中追打着，嬉闹着，玩着天底下最原始也最浪漫的游戏。蓼花开了，蓼花落了，我们从不在意蓼花的美丽和浪漫，就像没有人在意我们的寂寞一样。

岁月流转，我不觉离开故乡二十多年，生活在一个看不到蓼花的热闹的城市里。一个偶然的机会，我从百度图片上看到了那红瑟瑟的蓼花。当时，我简直不敢相信，蓼花竟是我少年时在乡村溪头水湄常见到的那种不知名的野花，一种默默无闻的寂寞小花。我终于知道，那种被村民唤作节节草的植物就是蓼花，那种我不知看过多少回的野花就是蓼花。

然而，熟视无睹间一切美丽都已幻化成云烟。我流浪的脚步早已踏过蓼花，和它越离越远。我不知道故乡的留守少年是否还去那开满蓼花的草地上放牛，是否像我当年一样不知道自己日日见过的野花就是蓼花。

而今，我年届不惑，前途无望，因而很多时日都在书斋里度过。我一次次在白朴的曲中欣赏蓼花，"黄芦岸，白苹渡口，绿杨堤，红蓼滩头"。我一回回在陆游的诗中欣赏蓼花，"十年诗酒客刀洲，每为名花秉烛游，老作渔翁犹喜事，数枝红蓼醉清秋"。我还从《本草纲目》中，了解到蓼有辣蓼（乡下称辣椒草）、水蓼、马蓼、荭草和水炭母等之分，而我看到的那种"节节草"花就是马蓼花。是的，我还一遍遍在百度图片中寻找蓼花，同时也寻找少年时见过却叫不出名字的其他野草闲花，寻找那些曾经邂逅却又一晃而过的梦。

青　苔

青苔，亦称作苔藓，该是我们在大地上所见到的最弱小的植物了。

也许是受到气候和环境的影响，在我生活的南方，从未见到过相对较为高大的苔藓。不过在美国作家杰克伦敦的小说《热爱生命》中，我却看到那长在北极圈内的浓厚而繁密的苔藓，淘金主人公比尔在长途跋涉中饥寒交迫，夜间还找干枯的苔藓生火烧水，想必那苔藓比我们所常见的苔藓要高大些吧。

苔藓多生长在潮湿阴暗的地方，这是人们的共识。在乡村老屋的天井里，我就时常看到那遍地的青苔，湿漉漉，冷幽幽，静悄悄，长满石板条面，甚至一直长到厅堂深处。它们绿得闲，绿得幽，绿得冷，似青铜，又像碧玉，绿中透凉，让人想到"冷绿"一词。在城市的深街曲巷里，我也时常见到青苔长满巷道边房屋的墙头地脚，绿得如此闲静，生机盎然。要是下过雨，青苔吸足了水分，像海绵一样急剧膨胀起来，绿得更加鲜嫩亮泽，简直就像刚采的美玉。而地上，路上，人家的屋瓦上，老树的躯干上，也悄然变绿起来，仿佛涂了一层绿漆，我们很难觉察到那就是初生的青苔。要发现这些细微的变化，我们也许得不停地闭上眼睛尔后又睁开眼睛，一再从麻木状态中清醒过来。其实，只要有些微尘土和水分，青苔还可以长到石壁上，随意营造出一方方精美的图案。它们甚至还将绿色带到高大的水泥电线柱上去。事实上，哪怕是河畔和山中的顽石，也常裹着一层冷绿的苔衣，极富有灵气。

据说，青苔在适宜的条件下，还能开出零星而美丽的小花来。但我极少看到青苔开花。因为烈日灼烤或者干旱缺水的缘故，许多青苔都过早地枯萎了，在开花之前就回归泥土。就像并不是所有的人都能出人头地一样，青苔也不例外。一代又一代的青苔枯而复荣，荣而复枯，永远置身于生命季节的轮回中，听天由命，毫无怨言。

青苔因其弱小而卑贱，往往为人们所忽视。但在古诗中，我还是有幸看到"青苔"这个意象的。"应怜屐齿印苍苔"，诗人行路时还能顾及到鞋底踩伤青苔，可以肯定诗人有一颗疼惜弱小生命热爱大自然的美好心灵。还有王维在《鹿柴》中写道："空山不见人，但闻人语响。反景入深林，复照青苔上。"诗人笔下空山深林下的青苔是如此幽寂而又充满禅趣，让人向往。从这些诗句中，我不仅感受到古代文人深受天人合一的宇宙观的熏陶，更体会到他们对自然生命的尊重和敬畏之心。

青苔是弱小的，是卑贱的，也是时常被人忽视的。然而，它们密密麻麻，挤挤挨挨，挤成堆，抱成团，同兴衰，共枯荣，用无数的弱小之躯构筑成大地上一道最顽强的生命风景线。我们低下头看一看吧，在苍茫大地上，最贴近大地和泥土的植物无疑是青苔了。它们最早触摸到大地的体温，最早聆听到大地的心跳，最早传达出季节更替的信息。它们就像生活在人类社会最底层的民间百姓，默默无闻，而又生生不息，永远值得我们尊重和敬畏。

有月亮的后半夜

日本古代女作家清少纳言在随笔集《枕草子》中的《四时的情趣》一文里写道：春天是破晓的时候最好，夏天是夜里最好，秋天是傍晚最好，冬天是早晨最好。她可真是个富有生活情趣的人，将生活艺术化、审美化，就像我颇为欣赏的唐代诗人王维一样。那么，一天中最美好的时候呢？多数人会认为非早晨莫属。而我则认为是有月亮的后半夜。

月夜的后半夜，人们大都进入了甜美的梦乡。四外万籁俱寂，冷露无声，清风习习，薄雾也朦胧起来。

此时，一个人披衣而起，举头望月，看月影婆娑，观月华如水，沉浸于美丽而宁静的月色中，最容易聆听到心灵深处的回响。你大可以效仿古人，步入月下空山，深入到月照山林的澄明、静谧和虚空里，任思想的羽翼自由舒展，让灵魂之舟驶入风平浪静的港湾，还原一个真实的自我，就像王维那样自得其乐，"独坐幽篁里，弹琴复长啸，深林人不知，明月来相照"。

你若生活于城市，这也无妨。你大可以在午夜梦回、月满西楼后，到街市间信步闲游，一路欣赏同白天迥异的城市风貌。此时，人家屋里的灯光早灭了。城里的月亮只有到了下半夜才会如此亮堂，奢侈，更像真实的月亮。看，一轮皓月，高悬碧空，城市多像一张怀旧的黑白照。那烟树重楼投下一地浓黑的阴影，更衬出城市的幽深和静谧。这时，城市向你展示出她最温情也最接近自然的一面。

要是在秋天的后半夜，月光透进窗内，洒在床前，你一觉醒来，想必再也睡不着，心里会升起一种莫名的惆怅。清宵冷月，最易引发游子的乡愁。张继那首传诵千古的《枫桥夜泊》，就诞生于秋天的后半夜。清宵易惆怅，不必有离情。即便你不是游子，身在故里，也同样会感染到一种说不清道不明的忧伤，仿佛自己原本是唐朝人，不知为何流浪到今朝。我想，这就是一首寥寥20字的《静夜思》，为什么千百年来感人至深的原因吧。

如果在冬日的后半夜，你若有雅兴，踏月踩霜，踽踽独行于夜色将尽天欲晓的乡间，还极有可能欣赏到"鸡声茅店月，人迹板桥霜"的特殊景致。

其实，月夜的后半夜，也颇适宜读书和写作。古人曾有"三余"读书之说，曰："冬者岁之余，夜者日之余，阴雨者时之余也。"我以为，在月夜的后半夜读书更是别有一番韵味。读书时，切忌掌灯，而应借着月光的映照，就算辨字不清也无关紧要，说到底，我们追求的是美好的心境。如果你坐在高楼的窗前，就应推开窗扇，半卷窗帘，尽量透进月光；如果你坐在平房尤其是老屋的石阶上，则应选好角度,避免附近的房顶挡住月亮。在月光下读书,追求的是天人合一、水乳交融的美好境界,比在灯光下读书更佳。

当然,在月光下写作更不失为一种顶浪漫的事。我疑心李白的诗大都是在酒醒后的下半夜的月光下写出来的,所以才透出一股掩不住的仙气。我更怀疑张若虚那首"孤篇压倒全唐"的诗《春江花月夜》,更是诗人通宵达旦地徜徉和沉迷于春江之畔的无边月色下的不朽结晶。"江水流春去欲尽,江潭落月复西斜,斜月沉沉藏海雾,碣石潇湘无限路,不知乘月几人归,落月摇情满江树。"可见诗人独自徘徊于月下的时间之长,从月升守望到月落,应该是过了下半夜,甚至快到天亮了吧。

如今,随着现代社会生活节奏的不断加快,人们大都迫于生计,疲于奔命,一些人渐渐失去了闲情逸致,对人生的满意度越来越低,甚至走向悲观厌世的极端。这无疑是危险的征兆。其实,我们不妨回过头来向古人学习,向每一个平凡的日子寻找温馨浪漫的时刻,使心灵趋于平和、宁静、美好和充实。

洗衣的古典诗意

如今,像放风筝这类富有古典诗意的事情似乎越来越少了。然而,毕竟还有,如湖畔垂钓,河边洗衣等。我就特别爱看女人们到文昌桥下的抚河畔洗衣的场景。

深秋的早晨,抚河上游荡着一层若有若无的淡淡的烟雾。河畔洗衣的女人真多,那队伍排到一两里路长。她们或蹲在礁石上,或卷起裤筒站于水中,五颜六色的,像开在水上的花朵。隔着轻烟薄雾,看不清其相貌,也猜不出其年龄,她们恍如古典美人,隐约缥缈,有种朦胧美,让人不禁想起古代那个在会稽山下若耶溪畔洗衣浣纱的民间女子西施来。

然而，最富有古典诗意的莫过于她们之中一些人使用的棒槌和搓衣板了。

棒槌，别说在洗衣机普遍使用的城里，就是在乡村也不多见了。只是在洗被套、棉衣时，一些中老妇女才将它派上用场。她们高扬手臂，抡起棒槌，击打衣物，在阳光中画出一道优美的弧线，并甩出一连串水珠，轻轻地落在衣服上，落在水面上，那画面摄入镜头不知多么富有诗意，而那棒槌捣衣的碰撞声，还有回声，传得很远、很远，那节奏、那韵律，听上去比鼓声更朴实，又比蛙声更安宁，让人心里格外踏实。尤其是在月夜，未眠人听到那时远时近的捣衣声，最容易引发游子的乡愁。在唐诗中，李白的"长安一片月，万户捣衣声"，杜甫的"寒衣处处催刀尺，白帝城高急暮砧"，白居易的"江人授衣晚，十月始闹砧，一夕高楼月，万里故园心"，抒发的都是这种由捣衣声引起的乡愁吧。

搓衣板，不知是谁发明的。我国古代就有严妻罚丈夫跪搓衣板的民间笑话。罚跪的滋味肯定不好受，因为跪的不是平滑的木板，而是刻满深深浅浅的凹纹的搓衣板。我不明白，如今棒槌日见稀少，而搓衣板却几乎家家户户都有，有的家庭还把它倚靠在洗衣机旁边，像个陪嫁的伴娘。也许洗衣机也不是无可挑剔的吧。有些主妇嫌洗衣机太麻烦，用水耗电多，又费时间，甚至将高档衣服洗绉，于是有时干脆在搓衣板上揉巴揉巴，还乐得活动筋骨呢。

有趣的是，搓衣的声音也妙不可言。不过，也许因为搓衣声远不及捣衣声那么响亮，因此往往未能触动我们的感觉神经。其实，搓衣声非常悦耳动听。听说国外的一个走红乐队，其乐器除了吉他、手风琴外，还有用来伴奏的搓衣板呢。

也许越是古旧的东西就越"雅"，越有诗意，越让人怀念吧。搓衣板，也是容易引发游子乡愁的东西。据说，女作家张晓风到大陆，看到富春江畔的村妇洗衣用的搓衣板，便如获至宝地买下带回台湾。

岁月流转，时过境迁，多少富有古典诗意的事物正在悄然消失。许多年后，我们的后人还能看到女人在河边洗衣的场景，听到那熟悉的捣衣声吗？感受到那浓浓的乡愁和诗意吗？

从一棵石榴树说起

十几年前，我去抚河沙滩游玩时，常路过抚州针织厂大门前的一个大花坛，花坛四周围着铁栅栏，中间栽有一株高大的石榴树，枝叶繁茂，树冠极大。在抚州城里，很难见到第二棵这样老的石榴树了。

每年五一节前后，老树上石榴吐红，繁花压枝，像无数盏红灯笼，又似数不清的小火炬，红得热烈，红得疯狂，灼人眼目，醉人心魂。她们似乎还放射出一种灿烂的光芒来，好像要把尘世间所有阴暗的角落都照亮一样。她们身上有种叛逆的野性，仿佛不甘幽禁寂寞的宫女，勇敢地逃出皇宫深院，追求民间的自由与快乐。

我从未看到这株石榴树结过一个果实，到底是何缘故，我也不明白。不过，如果不是亲眼所见，我真不敢相信那无数的石榴花儿简直就像果实一样，竟沉甸甸地压弯了树枝。谁能想到这像火焰一样燃烧着激情的花朵，竟有如此沉重的分量。我不仅感受到花的美丽，更感受到花的力量。

然而，今年秋天，我再路过针织厂门前时，该厂破产倒闭了，卖给了开发商。放眼望去，厂内灰尘四起，厂房大都被拆毁，残砖碎瓦堆了一地，一片废墟。厂门前的大花坛里那株石榴树被人挖走，移栽他处。一株见证了针织厂几十年兴衰荣枯的石榴树，就这样悄悄离开了熟悉的故土，就像下岗的职工一样，另谋生路。望着花坛中间深深的大土坑和四周堆起的泥土，我为石榴树的"流浪"感到惋惜，但更为石榴树的归宿感到庆幸。这真是不幸中的万幸！石榴树好歹保全了一条性命，没被不分青红皂白地砍掉，没陪厂房殉葬。看来，总算有人懂得欣赏美，疼惜美，懂得美丽的生命的价值了。

无独有偶。前些时日，我沿抚州下沿河路行走，看到抚河畔有一栋行将拆除的旧瓦房，房屋东墙和屋顶上爬满瀑布一样的青藤，蓬蓬勃勃，藤青叶茂，藤叶间不时垂荡着三五个薜荔果（俗称乒乓子），形如小秤砣，又似倒置的莲蓬，将其剖开，渗出黏稠的汁液，里面还有乳白色的籽儿，做成凉粉，风味极佳，吃了解暑。看到这茂密的青藤，青藤营造出浓重的古意古韵，我情不自禁地想起一句唐诗：密雨斜侵薜荔墙。我真担心这扇"薜荔墙"不久后轰然倒下，青藤永远沉埋于废墟之下，不见天日。

谁料，数日后的一个早晨，我却意外地看到一位老人蹲在老墙下，正在挖薜荔藤，说是要移植到自己家门前，美化庭院呢。这真是一个不俗的老人，身处充满实用和功利氛围的城市里，他却能拥有一颗清虚而柔软的爱美之心，能够在喧嚣扰攘之中发现美，保护美，拯救美。这样的老人委实让人尊敬！

虽说爱美之心人皆有之，但在物质生活还很困窘的状况下，人们首先看重的往往不是美，不是艺术，而是"财"，是实用的价值。可不是吗？我们不是时常看到一些高大的树木因街道扩建、商品房开发而被轻易砍倒吗？人们常说，好看不中用，美又不能当饭吃，有用才是硬道理，并沿着这条思路走向急功近利的极端，在"唯物主义"和"实用主义"的泥沼中越陷越深。

我以为，困窘的物质生活绝不应成为我们轻视、忽略美的托词和理由。相反，在清贫的岁月里对美的认可和欣赏，尤其难能可贵。我不会忘记，十多年前的一个黄昏，我走进陈志教授的家门，一眼便看到他的书案上摆有一只玻璃瓶，瓶中装有清水，水中插供着一束映山红。那黑暗中的映山红，犹如火焰，仿佛离我很遥远，就像天堂里的烛光星辉，深邃而静穆。我被眼前的美惊呆了。想不到年过花甲两袖清风的老教授，依然保持着一颗孩童时代天真纯洁的美好童心。我真的好感动。

是的，爱美是人类的美好天性。对美的欣赏和崇尚，是人们精神境界提高的表现，是人们文化素质提高的表现，更是社会文明进步的表现。在这个世界上，还有什么比美更让人难忘呢！

从一次性笔说起

不知从何时起，我惊奇地发现学生的用笔几乎都是一次性的水笔或圆珠笔，塑料笔筒，内装圆芯，价格便宜，多则一至两元，少则五角。我竟没看到谁使用钢笔，更没有谁的课桌上还放着墨水瓶。

一次性笔的优点是价格便宜，不用担心遗失或被偷。但其缺点也显而易见，因为它太大众化，没有个性和特色，因此得不到重视和珍惜。大家只满足于能写字就行，用完就扔，过期作废。于是，校园里被丢弃的笔随处可见，狼藉不堪。其中，有的笔筒破损，有的完好如初，有的圆芯还剩大半截。一次性笔的风行，造成了极大的资源浪费。

一次性笔的泛滥不仅浪费资源、污染环境，甚至影响到学生的学习态度。我发现，由于对笔的不看重，也造成对写字的不讲究，乃至对学业的随意。从作业本上，我看到许多学生字迹潦草，急于求成，不求美观，不求整洁，能完成任务就行。在监考时，我几乎没看到谁写作文时还打草稿，他们随心所欲，不讲构思，完全"信天游"。他们万不得已要"纠错"时，则不停地使用涂改液或胶带，把卷面弄得面目全非。

我认为，用笔还是应该有所讲究的，并非所有的笔都适合你。笔如马，好笔如良骏；笔如刀，好笔如宝刀。不是到了穷途末路，秦琼哪肯卖马，杨志怎会卖刀？同理，用熟了的适合你的笔，写起字来得心应手，妙笔生花，会同你结下深厚的感情，谁会不珍惜呢。而一次性笔还没等用熟，用习惯，便被丢弃了。经常换笔，不光妨碍写字做题，还影响人的性情。

一次性笔大行其道，更影响到人们认真做事，尤其是对完美和高贵的追求。如今，人们很少练字，尤其是毛笔字。而一些人练字也只注重练签名而已。

说实话,已很少有人随身带笔了。更有甚者,有的人家里已找不到钢笔,更找不到毛笔了。而传统的文房四宝则早已告别了寻常百姓家。

我不是一个怀旧心理很强的人,但我还是特别怀念日渐远去的钢笔和毛笔。

我时常想起自己中学时代用钢笔写字的日子。那时,我们做事都很认真,看重自己的荣誉,认为字写得好,那是门面。那时,我们很爱惜自己的钢笔,总随身带着,并挂在上衣口袋上。那时,我们以拥有一支名牌钢笔而自豪。那时,我们写字很给力,感情很投入,一笔一画,有板有眼,务必精准到位。那时,我们风华正茂,时常围坐在一起,比较谁的字写得棒,谁的作文才情横溢,文采飞扬。那时,我们都自觉坚持写日记。那时,我们的心田洒满理想主义的阳光。那是一个多么艰苦清贫而又昂扬奋发的时代啊。

我尤其怀念自己小学时代练毛笔字的日子。那时,我们每个同学都有砚台、砚条、毛笔和大字本。那时,哪怕天寒地冻,老师也要让我们磨墨,练字,洗笔,不可有丝毫懈怠。那时,我们紧握笔管的手冻得发紫,也乐此不疲。那时,老师对练毛笔字非常看重,每天都会准时收我们的大字本,会在米字格里仔细寻找每一个好字,并奖励性地画红圈,俗称"吃饼子"。那时,学校可以说是真正重视传统文化和素质教育。那时,我们家长过年不兴买春联,而是让孩子学写对联,谁家门前的对联写得好,往往引来不少人观赏。那是一个多么公平、公正而又不乏浪漫情怀的时代啊。

是啊,人生天地间,要有长性,应挥动真正适合自己个性的如椽巨笔,成就一番事业,而决不能仅满足于使用朝买夕扔的一次性笔!

那 年 家 访

十多年前，我还是个毛头小伙子，分配到临川的一所乡村中学教书，任初一某班的班主任。班上有六十多名学生，家庭条件普遍不好。开学报名时，有的家长连学费都凑不齐，说是暂时拖欠一部分，并请相熟的教师担保；有个别家长还当着孩子的面说，等混完初中后就让他（她）去打工赚钱。家长们欠妥的言行，无疑会对孩子的学习产生负面影响。为此，我在班上再三强调学习的重要性，还警告说，一个人没读完初中，他就是文盲，将来打工也没人要。但我的教诲收效甚微，怎么也调不起学生读书的积极性。

初一上学期总算平稳过去了，但到下学期开学时，我惊异地发现，班上竟有近20名同学没来报名。经多方打听，我才知道他们都准备辍学打工。当然，学校其他班级也面临着同样的危机。于是，校领导不得不采取非常措施，动员全校教师，分成若干小组，分区分片地深入到各个村庄，去游说那些辍学孩子的家长。

正月雨水多，道路泥泞，家访确是件苦差事。当时我和吴老师分在一个小组，负责走访梅岗、兰坊一带的村庄。那天，雨一直下个不停，我们穿着高筒雨鞋，撑着伞，一脚高一脚低地走在田间小路上，来往于各个村庄间。我们的衣服被雨淋湿了，裤子上也溅满了烂泥，真是狼狈不堪。让我失望的是，一些学生怕见老师，听说我们来家访了，一个个吓得赶忙躲起来。家长们也不好找，有的外出打工了，有的则到地里干活未归。而等见到家长后，我又笨嘴拙舌，一时竟不知从何谈起。那时我刚参加工作，一脸书生气，见到家长就腼腆得不行。好在吴老师很有经验，和蔼可亲，硬是苦口婆心地将一个个家长说得口服心服，总算同意让孩子返校读书。现在回想起来，我仍感到羞愧。

那年正月，我们坚持家访近一个星期，可以说几乎走访了每一个辍学孩子的家庭。"不信东风唤不回"，也许是被我们的真诚和执着感动了，除了极少数学生辍学打工外，绝大多数同学都返校上课了。而我任教的那个班，原先准备去打工的那些学生，竟全都"归队"了。看到失而复得的学生，我甭提多开心啦。

时光荏苒，岁月如梭。而今，我早已调到城里教书了。听说在当年那批重返校园的学生中，有不少早已大学毕业，大都找到了让乡下人羡慕的工作岗位，有的还年轻有为，成为单位上的领导。前不久，我就遇见一个学生，她热情地向我问好，问我还记得她否？我说自己教过的学生太多，如今眼拙得厉害，都分不清谁是谁了。她笑着说："老师记不住学生很正常，不过我永远记得您。那年正月，您冒雨到我家里走访，费尽口舌才说服了我的父亲，抛弃了女孩读书无用的封建思想，让我重返校园。目前，我在一家公司任部门经理，待遇优厚。我能有今天的发展，还得感谢您！您没想到吧，那次家访竟改变了我一生的命运啊！"

远去的苎麻

苎麻，叶片呈蒲扇形，巴掌大小，背面长有一层白色茸毛，像染了霜，夏季开花淡绿色，果实像花穗一样，蓬松蓬松的，一串串垂荡着。不过，人们很少注意到苎麻开花，也很少注意到其果实，也许因其叶、花、果在夏秋季节都呈青绿色，不显眼吧。

记得我童年时，在乡间的田园地头，苎麻极为常见。很多村庄里，农妇还用苎麻丝补纳鞋底。而河畔船家则将苎麻皮剥脱，浸泡水中，再晾干，用其纤维搓制纤绳，结实耐磨。当然苎麻丝还可以织布，叫夏布，制成衣服，叫夏衣，穿着透凉。过去抚州水运发达，宜黄棠阴等地盛产夏布，质料上好，色泽明艳，远销全国各地。而今，已很少有人手工制作夏布了。

从20个世纪80年代后，乡下几乎找不到种苎麻的农户了。苎麻渐渐被冷落和淡忘，被遗弃在荒郊野地里，任其自生自灭，甚至被当作杂草连根铲除。苎麻已从一种实用的经济作物沦为一种地道的野草，冷寂于夕阳野风里，成为世事变迁的沧桑见证。

然而在乡村很少见到的苎麻，我却在城里邂逅了。苎麻仿佛同我一起迁进城里来。在我生活了近十年的南方小城，我竟时常就能看到苎麻那熟悉的身影，一如乡村朴实的父老乡亲。它们寂寞地生长着，枯而复荣，荣而复枯。在抚河千金坡上，在通往正觉寺的长堤旁，在残存的老城墙头，在城中的冷街幽巷边，甚至在一些学校和机关大院的围墙内外，那散兵游勇般的苎麻，东一丛西一簇地生长着，不成规模。它们随遇而安，在城里随处扎根，无声无息地同城市争夺着生存空间。它们在风中翻动着烟绿的叶片，散发出苦涩的清香。它们全然不知道自己寄人篱下，身世卑贱，一如既往地张扬着生命的野性，释放着生命的热情。它们就像从民间草野来到繁华都市的一群野孩子，无拘无束，无视城市文明的种种规范和法则。

这些生长在城里的野苎麻，肯定不是栽种的吧！那会不会是风吹来的，鸟叼来的呢？这倒很有可能。我仿佛看到飞鸟衔着苎麻种子，风儿托着苎麻种子，不经意间就把种子遗落在城里。城里生长着这么多的苎麻，又该播撒多少粒种子呢？自然界的许多秘密，我们一无所知，更解释不清。

看到城里这些熟悉亲切的苎麻，我就像看到了进城务工的农民，心里涌起一股久违的温暖。问一声苎麻，你们活得可好？冥冥之中是什么力量把你们从乡村带往城市的？

是啊，在如今的后工业时代，多少生灵？从地球上退隐乃至消失。田里的螺蛳少了，港里的甲鱼少了，山上的野果少了，路边的乌桕树少了，村里的桑树少了。苎麻也被挤出田园，融入野地，沦为地道的野草。望着它们远去的背影，我无可奈何。但在我的心灵深处，苎麻永远是一种古老而美丽的民间植物，一种充满野性和诗情的生命意象，把我带往《诗经》的源头，带回到几千年前原始、美丽而洁净的华夏大地。

最后一只蚕

没想到，我去年养的几只蚕产在纸盒里的蚕卵，竟孵出了许多蚕蚁来。于是，我每天都要去抚河岸边采摘新鲜桑叶喂它们。蚕儿大得很快，清明后不久，其中有几只便吐丝，结出白茧或黄茧。五一节前，几乎所有的蚕都吐丝结茧了。我长舒了口气，心想再也不用去采桑叶、换桑叶了。

然而，正当我取出蚕茧，准备清理纸盒里的蚕屎和桑叶残片时，我意外地看到一只小蚕，牢牢地吸附在一片残缺的桑叶上，缓缓蠕动着。我很纳闷。别的蚕儿都早已吐丝结茧了，而它仍只有小菜虫般大小，还要等多久才会吐丝啊？同样的一批蚕，吃同样的桑叶，生长在同样的环境里，为什么它偏长得这么慢？面对这样一只掉队的蚕，我总不能仅仅为了它，而每天特意去采桑叶吧？它也太不争气了！

我对这只小蚕失望至极，真想狠心把它倒进垃圾桶里去。可是，我最终没有这么做。因为在我下手之前，我忽然想起班上的学生，其中有尖子生，有中等生，也有个别差生，对于差生难道就该无情地放弃吗？不能这样做！我内心的良知被唤醒了。

在以后的日子里，我照例每天去采摘新鲜桑叶，专门喂养这只孤蚕。然而，也许是缺乏同伴的缘故，它长得很慢，有时还一动不动地僵在那儿，我真担心它会突然死去。因此，我特意选最嫩的桑叶喂它。但它的食欲仍旧不旺，一天还吃不完三两片桑叶。

大约过了十来天，我再去给它换桑叶时，惊喜地发现它已经悄悄吐丝结茧了。那茧儿是纯白色的，就像一枚椭圆形的麻雀蛋，闪着银光。尽管这茧比别的茧儿偏小些，但总算大功告成，没有让我的工夫白费。看着这小茧儿，我特别开心。

大约三个星期后，我看见一只胖胖的蛾子从这枚小茧里破蛹而出，开始缓缓蠕动着。它好奇地打量着我，仿佛在向我问好，感激我的喂养之恩呢。后来，它还在纸盒里扇动着翅膀，飞了几个小圈，便停落在那银色的茧儿上栖息。我情不自禁用手去摸它，沾到满手的白粉。

几天后，我看见它趴在纸盒里产下一堆淡白色的小卵。它痴痴地在卵粒边趴着，仿佛精疲力竭，无力动弹。又过了几天，我发现这只白蛾子死了。

望着这只死去的蛾子，我深感惋惜和惆怅，同时，我也忽然感到一种轻松与解脱。我的善心，不仅挽救了一只蚕，还挽救了一大批蚕。正是由于我当初没有嫌弃那只蚕，它才得以长成蛾子，并产下大量蚕卵。如今它产完卵走了，应该没有遗憾了。古人常说，春蚕到死丝方尽，我想，从蚕到茧，从茧到蛹，从蛹到蛾，从蛾到卵，蚕又何尝死去？它并没有死，而是暂时走完了一个生命的轮回。生命必将重新开始。春天必将照样来临。可以想象，明年春天，那些蚕卵又将孵化成蚕，进入新的生命轮回之中，只是它们一出生便永远见不到自己的妈妈了。

想 起 瓦 房

在城市里，高楼大厦鳞次栉比，随处可见，倒是传统的瓦房不多见了。我非常想念童年时乡村里那种人字形屋顶的瓦房。看到瓦房，我就感到熟悉、亲切，觉得生活节奏变慢了，心里格外踏实、从容。为此，我常到乡村或城里的老街深巷里漫步，想再看看那些低矮而谦逊的瓦房。

瓦房美在自然，不刻意做作，不张扬，同周围环境和谐相处。世间没有比瓦更接近自然的建筑材料了。瓦，古朴，天然。无论是灰瓦、黄瓦、红瓦，哪怕是长满青苔的黑瓦，都处处彰显出自然之美。它们覆在屋顶上，衔头接尾，参差错落，看似随意叠放，实则自有章法，平仄起伏。更妙的是，瓦房检漏或翻新屋顶时，旧瓦可以换新瓦，既方便又节约，不像楼房那么费事。瓦房盖上瓦，就像人撑上伞，很自然，而楼房的屋顶则太平了，就像在下雨天，一个人举着石板挡雨一样滑稽可笑。

瓦房的屋檐尤其值得称道。它们大都低矮倾斜，俯仰有度，飘出走廊很多，就像对外伸出的友好之手，招呼路过的行人避风躲雨。相比之下，城里的高楼大厦，则高傲冷漠，太小家子气，没有留下一点儿供路人"寄人篱下"的多余空间。

一些上了年岁的瓦房，尤为难得。它们里面开有天井，既通风，又采光，有人还恰到好处地摆上三五盆景，点缀其间，备添情趣。更可贵的是，居民不必出屋，便可以站在天井边，观雨看雪，望星赏月，颇有诗意。它们外面围有庭院，栽有梧桐、竹子、芭蕉等，环境清幽，适合怡情养心。而城里的高楼大厦，更多地出于实用的功利，很少考虑到居民的精神世界和情感层面。

在城里的商品房里住久了，我好久没有听到一场酣畅的雨。而在瓦房听雨，尤其是在晚上，那简直是一种莫大的享受。瓦房就像一件巨大的乐器，雨点落在瓦上，清脆悦耳，似乎还有回音，让满屋产生共鸣。躺在床上听雨，一点点，一声声，一阵阵，忽轻忽重，时高时低，乍缓乍急，有时呼唤，有时低语，有时叹息，就像故人在为你深情弹奏古筝一样。如果下雨加雪，那音乐效果会更好。雪子打在瓦上，满屋回响，那声音珠圆玉润，完整饱满，美妙空灵，最为动听。这样的雨夜，注定让人难眠，当然也让人难忘。如果心静，在瓦房听风声，听雪落，听落叶掉到瓦上，也能体悟到一种微妙的禅趣。

瓦房让人静心，清心，醒心，养心。然而，随着时代的进步，瓦房不仅在城市里悄然隐退，就连乡村里也不多见了。不久的将来，瓦房莫非真的要从我们身边消失吗？我真想找个机会再到乡村瓦房里住些时日，潜心体验夜间听雨、听风、听雪的情趣。

风 铃 声 声

　　盛夏时节，抚州城仿佛浸泡在此起彼伏、经久不息的喧闹而热烈的蝉声中，让人心情浮躁，备感郁闷。不过，到正觉寺里听风铃声，倒是个不错的主意。

　　那天早晨，我进山门，过放生池，入天王殿，穿大雄宝殿，绕法堂和藏经楼，径直来到万佛塔下。

　　红日初照，我坐于寺内的树荫竹影下，静听大殿和佛塔的檐下无数的风铃，在风中发出叮叮当当的响声，那简直是一种莫大的享受。

　　听，风吹过，风铃在风中晃动，发出时轻时重、时缓时急、若断若续、忽远忽近的响声，有时严整肃穆，如千军万马开过；有时散乱无绪，似深宫幽人的叹息。

　　风铃声声，让人闻其声却不见其形，不知风铃到底悬挂于何处。我从风铃的响声中，感知风的存在，感知风的方向与强弱。

　　风铃声声，宛如天籁，饱含禅意。风铃声听上去似乎漫不经心，而木鱼声则像灵魂的安抚曲，多少有点造作。

　　风铃声声，如慈雨洒向心田，滋润着我的心灵。

　　风铃声声，如慈母的叮咛，让我时刻警醒，拨云见日，走出迷雾。

　　风铃声声，恍如神明献身，扫净我心中的尘埃，拔去我心间的杂草。

　　风铃声声，让我心清如水，心明如镜，让我永葆本色，坚守本真，不忘根本。

　　风铃声声，让我心系红尘，又超凡脱俗。

　　风铃声声，一再提醒我要明明白白做事，干干净净做人，坦坦荡荡处世。

　　风铃声声，那是一句句忠告，那是一句句警告，那是一句句祷告。听不到真话的人们，就多听一听风铃声吧！

佛家说得好，身是菩提树，心如明镜台，时时勤拂拭，莫使惹尘埃。静坐古寺，听风铃声声，我心依旧，我情不动，我志不移。

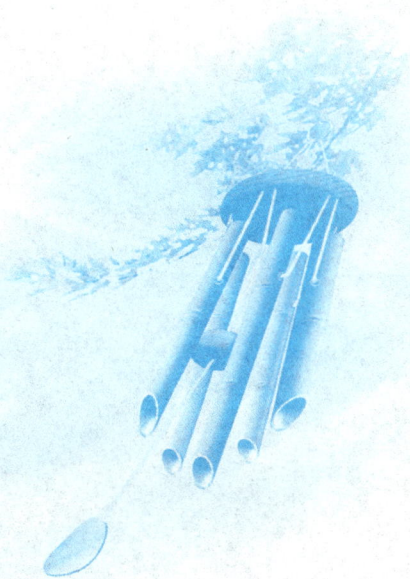

第三辑 / **历史云烟**

永不湮灭的英雄梦

在四大古典名著中，除了《西游记》外，可以说《三国演义》的读者最多。前几年江西省语文中考作文题为《我读〈　　　　〉》。我发现大多数男考生都不约而同地在空格中填了《三国演义》。我以为这是非常值得庆幸的事，因为《三国演义》唤醒了人们心中不屈的"英雄梦"。

《三国演义》是英雄的赞歌。《三国演义》崇尚英雄，赞美英雄，充溢着一股震天撼地、一往无前的人间英雄气。它让多少备受压抑的灵魂得以舒筋活血、荡气回肠，让多少地位低贱的草民得以挺直腰杆、仰望天空。东汉末年，奸佞当道，天下大乱，生灵涂炭，一时群雄并起，他们大多以报效国家、统一天下为己任。他们位卑而未敢忘忧国，用热血与忠诚诠释着"天下兴亡、匹夫有责"的道理。曹操是个英雄。尽管当初只是个不入流的小官，但他胸怀大志，不畏强暴，凭着年轻人的义愤与血性，竟孤身犯险，刺杀奸贼董卓，事败后差点丢了性命。在奸邪当道、万众失声的黑暗的天空下，曹操敢为天下先，敢于率先向奸贼"亮剑"，这是何等的英雄壮举啊！刘备也是一个了不起的英雄。他出身贫寒，曾靠卖草鞋度日，是最典型的一介草民。然而，他人穷志不穷。在无数个穷困潦倒的日子里，他始终心怀天下，忧国忧民，从未因地位卑下而自暴自弃。可以说，他的起点最低，没有任何"基业"，硬是同桃园结义的兄弟关羽、张飞一起白手起家打天下，开创了历史上罕有的"三分天下有其一"的传奇。刘备堪称做人、用人、容人的楷模，是当时最富有感召力和亲和力的领导者，深受部下和百姓的爱戴。他仁厚谦和，但绝不平庸。"勿以善小而不为，勿以恶小而为之。"他的话至今是安邦治国的至理名言。可见，刘备虽出身草根，但绝不是一个草莽英雄，而是一个非常成熟、厚德载物的旷世英雄。哪怕是备受争议的司马懿，我认为，他也是一个不可小觑的英雄。他最落魄的时候，曾被魏主曹睿削职归田，于乡间草野务农，然而，他白天下田劳作，夜间却陪儿子挑灯夜读，忧虑前方战事，研习兵法。面对含冤受屈，他悲伤但绝不消沉，更不自暴自弃，怨天尤人，而是严于自律，静候时机，这才是英雄最宝贵的本色啊！

三国的天空下，英雄的名字不可胜数，关羽、张飞、赵云……一路排着长长的队伍，真如浩瀚的天宇中璀璨的星辰。三国是英雄辈出的时代，是值得我们仰望的时代！

《三国演义》也是英雄的恋歌和挽歌，对英雄的离去怀有无限的深情和眷恋。可以说，《三国演义》中对英雄的恋惜和对人才的尊重，达到了登峰造极的高度。刘备于隆冬腊月，顶风冒雪，三顾茅庐，其求贤之诚心，日月可昭，天地可鉴。曹操赤脚迎许攸，求贤若渴，可说是亘古未闻。尤为动人的是，曹操为了感化关羽，真正做到恩深似海，"上马金，下马银"，亲赐战袍，赠赤兔马，这是何等的礼遇！尽管关羽最终还是千里寻兄，但曹操并未恼羞成怒，哪怕当他听到关羽过关斩将的消息后，也没有为难他，还特意遣人送来文书，让他过关通行。能如此恋惜人才，尊重英雄，这样的"明主"几近绝版了！再说周瑜。他有句名言："既生瑜，何生亮！"其实，周瑜对诸葛亮是非常赏识和敬重的，并多次在吴主孙权面前极力举荐他，说孔明之才远胜于自己。一个真正妒贤嫉能之人会这样抬高他人身价吗？周瑜所恨是孔明不为东吴所用，因此才萌生加害之心。他实在是因爱成恨啊！

更让人心灵震颤的是，三国时，哪怕是敌方的英雄，在当时也备受尊重，真可谓英雄相惜。殊不知，诸葛亮的儿子诸葛瞻、孙子诸葛尚孤军奋战，力抗魏军，誓死不降，最后战死沙场。面对诸葛父子的爱国情操，魏将邓艾等无不肃然起敬，集体跪拜，并由衷赞叹诸葛三代满门忠烈，那场面感人至深！还有魏国权臣司马昭，面对起事失败而自杀的姜维，他不由得深深地鞠躬，无限惋惜地说：

"蜀国灭亡,皆因后主无道,非将军之过也!"在三国,忠心报国的英雄受到全社会的尊重,卖主求荣的小人则遭到普遍的唾弃。

不错,在三国,英雄拥有最广阔的用武之地,英雄得到最高的礼遇和尊重。英雄生逢三国,何其幸哉!

"滚滚长江东逝水,浪花淘尽英雄。"而今,我们生逢太平盛世,但决不能泯灭心中的"英雄梦"。任何时代都需要有气节和傲骨的铮铮英雄,才能使社会风清气正。郁达夫在《怀鲁迅》一文中说过,没有英雄出现的民族,是世界上最可怜的生物之群;有了英雄,而不知拥护、爱戴、崇仰的国家,是没有希望的奴隶之邦。让《三国演义》中的那股心忧天下、忠心报国、建功立业的豪迈阳刚的英雄气永远在中华大地上驰骋纵横吧!

走进王安石纪念馆

王安石纪念馆离我家很近。我没事便会到里面转悠。

一个冬日下午,我再次来到王安石纪念馆。馆不大,却给人寸水波澜、尺幅千里之感。在抚州城区,很难找到这样安静而雅致的旅游景点了。纪念馆占地仅20亩,是一座具有江南园林意境和宋代建筑遗韵的仿宋府第园林式建筑群。一进大门,便踏上了一条笔直的卵石甬道。甬道两侧透逸着造型优美的隐壁。透过隐壁上的漏窗,可以窥见踯躅园和辛夷园。左侧是踯躅园。里面空间不大,栽有修竹、玉兰、桂树等,园中间建有假山水池,水上养有睡莲。这里虽嫌狭小,但很安静,是游人徘徊和思考的好去处。右侧是辛夷园,里面栽有玉兰、山茶、翠竹和桂树等。在青草、绿树和竹林的掩映中,明月轩赫然映入你的眼帘,门侧嵌有一副楹联:汝水半山安石在,春风明月伴君还。轩内窗明几净,桌椅俱全,供游客歇息。坐在轩内,一边喝茶品茗,一边读读闲书,或写些性灵文字,倒蛮惬意的。若逢月夜,一个人待在轩内,看四壁竹阴浮动树影摇曳,准能让人神清气爽,明心见性。

沿甬道笔直前行,登水榭,步游廊,让人眼前一亮。那游廊和碑廊迂回曲折,将水榭、熙丰楼、半山堂和荆公亭等连为一体,形成曲径通幽的佳境。我情不自禁地走到王安石塑像前,久久凝望着这位光照千古的抚州先贤,这位中国11世纪最伟大的改革家。在塑像的背后,便是主楼熙丰楼,为仿宋的二层楼阁,歇山飞檐,筒瓦花窗,圆柱环绕,对称端庄。熙丰楼内设上下两层展厅,介绍王安石生平事迹,分为"故里情深"、"治善州邑"、"荆公新学"、"熙宁新法"、"文学造诣"、"人文品格"、"终老金陵"、"千秋评说"八个部分,通过图片、图表、国画、雕像、实物,展示了王安石一生的业绩和改革家的气魄、文学家的风貌。我虽然来过多次,但总意犹未尽。我特别爱听解说员那声情并茂、感人至深的讲解,每次听后都有新的感受。

夕阳斜照,我依依不舍地走出熙丰楼,漫步碑廊,踱至荆公亭小坐。我仰望着亭后那苍老的枫树,枝上红叶快落光了。我观望着亭前的荷池,池里荷枯叶烂,美丽的莲花不见了,青青的莲蓬也枯黑了,连着荷茎栽倒水面。毕竟年终岁尾,一年就快过去了。其实,千百年也都是这样过去的。岁月总是这样年复一年地重复着美丽的宿命和轮回。

坐于荆公亭中,望着周围再熟悉不过的风景,我心里久久不能平静。自从1986年开馆以来,二十多年过去了,馆内还是这样安静,甚至冷清。人们大都注重物质生活,而忽视精神层面。扪心自问,我多次来到纪念馆,又从王安石身上学习到了什么呢?可以肯定的是,王安石推行的改革敢于触犯官僚权贵的利益,是真正意义上的改革,而非假借改革之名来为特权阶层牟利的玩弄百姓智商的不负责任的"瞎折腾"。他是名副其实的改革家,而不是一意孤行、哗众取宠的玷污"改革"一词的伪改革者。俗话说,山中有直树,世上无直人。古往今来,像王安石这样个性飞扬、有棱有角之人多半没有好的归宿。而那些明哲保身、八面玲珑之辈,他们圆滑世故,没有是非观,只有利益观,谋人不谋事,精于钻营算计，反而能左右逢源、青云直上。为此，我才感到王安石格外可贵。我敬佩他"天变不足畏，祖宗不足法，人言不足恤"的改革勇气和魄力。"天质自森森，孤高几百寻。凌霄不屈己，得地本虚心。岁老根弥壮，阳骄叶更阴。明时思解愠，愿斫五弦琴。"我欣赏他《孤桐》诗中所表现出的傲岸与刚烈。"墙角数枝梅，凌寒独自开。"我欣赏他梅花般坚贞不屈的情操。"飞来峰上千寻塔，闻说鸡鸣见日升。不畏浮云遮望眼，只缘身在最高层。"我欣赏他《登飞来峰》诗中体现出的俯视天下、勇担重任的自信与豪情。说到底，我欣赏王安石独行特立、卓绝于世的高洁人品。

走出纪念馆，大街上依旧市声扰攘，而我的心却异常平静，我的脚步踏实而稳健。是的，在百忙之余，珍惜身边的风景，时常去亲近一个伟大的灵魂，从中获取奋发前行的激情和自信，这是一种机缘，更是一种幸福！

激 情 李 贺

热爱唐诗的人们，应该不会忽略"三李"的诗吧。李白的诗任性而洒脱，空灵飘逸，透出一种仙气，仿佛是外星人创作的，自然吸引着最广大的读者。李商隐的诗朦胧晦涩，疑真疑幻，若即若离，如水月镜花，似雨中丁香雾里芭蕉，美丽中透着忧伤，有着经久不衰的艺术魅力。而李贺的诗呢？说实话，李贺的诗，我是最怕读又最爱读的。面对他的诗，我就像一只扑火的飞蛾，明知有被烧成灰烬的危险，还是义无反顾地朝那光明的火焰奋力飞去。

李贺的诗到底好在何处？是他那凄艳幽冷的意象，给人强烈的视感冲击？是他那落想天外、迥异凡人的想象，让人匪夷所思？是他那魔鬼般的独特语言，使人无从模仿和复制？是他那内敛隐晦的思想情感，具有惊人的心灵深度？不管他人持何种看法，都无法动摇我对李贺诗的极力推崇和挚爱。而我最为欣赏的是李贺诗中那种仿佛从地狱深处喷发出来的激情之火，在黑暗的时空里静静地燃烧，绝望地燃烧。

李贺诗的激情源于大唐王朝盛行的理想主义和英雄主义。报效国家、建功立业的普世价值观，让诗人昂首天外，以宽广的视野观察世界，以宏大的气魄直面人生，以超强的自信迎接未来。于是，诗人在《南园》中写道："男儿何不带吴钩，收取关山五十州。"于是，诗人在《昌谷北园新笋》中写道："更容一夜抽千尺，别却池园数寸泥。"于是，诗人在《致酒行》中写道："我有迷魂招不得，雄鸡一声天下白，少年心事当拿云。"于是，诗人在《三月》中写道："东方风来满眼春。"年少的诗人，对前途曾充满信心，对人生满怀乐观，才抱有此等雄心壮志，才在诗中饱含着如此昂扬奋发的激情，发出如此振聋发聩的时代强音，撼人心魂，感人肺腑。

李贺诗的激情也同样源于对理想主义和英雄主义的幻想破灭后产生的满腔愤慨。李贺空有凌云壮志，却生逢不幸，怀才不遇，仕进无望，报国无门。他是唐室郑王之后，有着高贵的血统，凭着他的才气和锐气，完全可能考取进士，有番大作为。然而，大凡少年成名的天才，往往更容易招来俗人的嫉妒和伤害。他就惨遭小人的诋毁，说他父亲名晋肃，他若考进士就是对父亲大不孝。为了避讳，他硬是被生生地剥夺了上进的机会。李贺也因此一生落魄潦倒，只做过九品小官奉礼郎，后来索性回家养病，抑郁而终，年仅26岁。可怜的诗人李贺，心生不平，将满腔愤慨化作激越而悲凉的诗句。于是，他在《南园》中发出"不见年年辽海上，文章何处哭秋风"的抗议；于是，他在《开愁歌》中道出"我当二十不得意，一心愁谢如枯兰"的血泪心声；于是，他在《浩歌》中一再表达出"买丝绣作平原君，有酒惟浇赵州土"的对伯乐明君礼贤下士的强烈渴望。

李贺的激情更源于他在理想破灭后对"彼岸世界"近乎痴狂甚至病态的幻想和迷恋。他想以唯美神秘的彼岸世界来麻醉自己在现实中备受煎熬的灵魂，求得心灵的平衡，并产生精神上的优越感。于是，诗人总是生活在能听到"羲和敲日玻璃声"、能看到"芙蓉泣露香兰笑"的彼岸；于是，"王母蟠桃千遍红"、"秋坟鬼唱鲍家诗"、"鬼灯如漆点松花"、"九节菖蒲石上死"、"携盘独处月荒凉"、"晓风飞雨生苔钱"、"草如茵，松如盖；风为裳，水为佩；油壁车，夕相待；冷翠烛，劳光彩；西陵下，风吹雨。"成为诗人既怕又爱的境界。千古诗人中，只有李贺最深刻地感受到"人命至短，好景虚设"的悲哀，将无望的激情化作幽冷凄丽的诗行，也只有他才是唯一的鬼才。

自唐以来，许多人们，尤其是失意落魄之人，抑或是自以为怀才不遇之人，大都会对李白、李贺、李商隐的诗歌备加赞赏。但是，同李贺相比，李商隐的诗更富理性，很少有大起大落的激情，李白的诗虽然狂放不羁，但其激情中缺乏李贺那种内敛、忧郁、绝望、颓废乃至极度自恋的心灵元素。我酷爱李贺的诗，不只是因为他是一个不幸的短命天才，也不只是因为他的诗歌意象唯美凄冷，风格独树一帜，而更多的是出于对历史上一个最痛苦的积极入世者，对于一个悲情的理想主义者和英雄主义者内心那不甘熄灭的激情之火的欣赏和敬畏。我想，时至今日，仍有许多人们热爱甚至迷恋李贺的诗，这应该也是对一个人生失败的英雄的由衷地欣赏、惜别和怀念吧。

寂 寞 寒 山

我国曾有一支著名的摇滚乐队，打出"梦回唐朝"的旗号。对此，我完全可以理解。唐朝的繁盛与富强，唐朝的博大与宽容，的确让人留恋，让人怀念。至少，唐朝是诗的国度。唐朝的诗坛群星灿烂，诗人辈出。更难得的是，有一位亦僧亦隐的诗人寒山，在经历一千多年的岁月后，至今仍时常感动着我，震撼着我，让我悠然神往。

说到寒山，姑且不论其诗如何通俗如白话，暗含佛理禅机，语浅意深，清绝超然,让人不忍释卷,单看他长期隐居的始丰(今浙江天台)的寒岩山,那原始、神秘、幽奇而美丽的自然风景和隐逸氛围,便足以让人迷恋和向往了。寒山,人称寒山子,因其大半生隐居寒岩山(又称寒山)而得名。寒山是寒山理想的家园,寒山是寒山灵魂栖息的净地,那简直是万丈红尘外的空中楼阁,是远绝尘埃的世外桃源。唐朝多隐士,寒山之于寒山,犹如西塞山之于张志和,终南山之于王维。看寒山这位诗僧是如何描绘寒山的美景的吧。看,"吾家好隐沦,居处绝嚣尘。践草成三径,瞻云作四邻。助歌声有鸟,问法语无人。今日婆娑树,几年为一春。"寒山的清幽由此可窥一斑。看,"寒山多幽奇,登者多恒慑。月照水澄澄,风吹草猎猎。凋梅雪作花,杌木云充叶。触雨转鲜灵,非晴不可涉。"看,"可重是寒山,白云常自闲。猿啼畅道内,虎啸出人间。独步石可履,孤吟藤好攀。松风清飒飒,鸟语声关关。"看,"寒山唯白云,寂寂绝埃尘。草座山家有,孤灯明月轮。石床临碧沼,虎鹿每为邻。"看,"寒山道,无人到。——有蝉鸣,无鸦噪。黄叶落,白云扫。石磊磊,山奥奥。""寒山寒,冰锁石。藏山青,现雪白。日出照,一时释。""重岩中,足清风。扇不摇,凉冷通。明月照,白云笼。独自坐,一老翁。"无需多加解释,寒山的诗已经够明白了,那寒山的云,寒山的月,寒山的松、萝,寒山的鸟鸣、蝉吟、虎啸、猿啼,都恍如世外之物,无不富有出离尘世、远绝尘埃的隐逸气,自然、原始、神秘、洁净、美好得让人心醉神迷。寒山作为一方隐居之地,分明就像人间的仙境,怎不让人神往。我想,如今像寒山这样原生态的美好的自然环境已经越来越难找了。

更让我悠然神往的是诗僧寒山对寒山风物的眷恋和对隐居生活的热爱,是寒山守身如玉、保持本真的那种迥别于世俗的生存方式和生存状态。看寒山是如何抒写他的心境的吧。看"碧涧泉水清,寒山月华白",诗人"默知神自明,观空境逾寂"。看,诗人"闲游华顶上,日朗昼光辉。四顾晴空里,白云同鹤飞"。诗人,多像个野人,不,是仙人,是闲云野鹤,心无羁绊,全身心地沉浸在寒山的美好景致中,简直快与大自然融为一体了。看,"我向前溪照碧流,或向岩边坐磐石。心似孤云无所依,悠悠世事何须觅。"看,"一住寒山万事休,更无杂念挂心头。闲于石壁题诗句,任运还同不系舟。"寒山淡泊至此,此般活法,真是旷世罕见,不愧

"心静如白莲"了。看，"千年石上古人踪，万丈岩前一点空。明月照时常皎洁，不劳寻讨问西东。""众星罗列夜明浮，岩前孤灯月未沉。圆满光华未磨莹，挂在青天是我心。"没有人比寒山更深入地体验到寂寞的自由和乐趣，欣赏到寂寞的美丽了，没有人比寒山更能在无穷无尽的寂寞中坚守自己的心性和本真了。看，"石床孤夜坐，圆月上寒山。""住兹丹桂下，且枕石头眠"，好一个清贫而不失清高、孤独而不失浪漫的寒山。看，"日月如逝川，光阴石中火。任你天地移，我畅岩中坐。""细草作卧褥，青天为被盖。快活枕石头，天地任改变。"好一个"十年归不得，忘却来时道"的超然世外、洒脱不羁的寒山，好一个看破滚滚红尘阅尽人间沧桑自始至终彻头彻尾地守望灵魂净土精神家园，一心过着隐居生活别无他求的寒山。寒山不像王维，王维隐居的目的更多的是远祸全身。寒山也不像贯休、王梵志，后者的诗中仍保留着太多的文人气息，他们不像僧人，倒更像文人。而寒山则特立独行，他寂寞而不失自在。寒山是个奇迹，创造了一种另类人生的奇迹；寒山是个极致，创造了一种边缘状态的极致。

一千多年的历史岁月已悄然流逝，在21世纪的今天，寒山这样清幽美好、远绝尘埃的世外桃源，寒山这样闲适浪漫、卓尔不群的诗僧，已遥远得像一个古老的神话故事，真是稀世难觅了。然而，这样的神话毕竟在人世间出现过，存在过，向世人登峰造极地展示了另一种生活另一种人生的真实状态。我没去过今天浙江的寒山，不知如今的寒山怎样了，但是寒山永远是我心中的圣地净土。我时常读寒山的诗，想象着今天寒山的神秘与美丽。我想，唐朝是值得留恋和怀念的，寒山是值得尊重和纪念的。不错，只有强盛宽容的历史时代才容得下寒山之类游离于主流社会之外的怪人，才容得下多种生存方式和人生姿态。让我们向唐朝致敬，向寒山致敬吧！

豪情刘禹锡

　　人生苦短，经不起太多的折腾和消磨。因此，古往今来识时务知进退的知识分子比比皆是，而具有独立人格精神的特立独行者则寥若晨星。在大唐诗人中，就有一位屡屡遭贬、久处困境的"逐臣"刘禹锡。可以说，他是唐代诗人里性格最倔强、思想最旷达、情感最乐观的一位。他坎坷困顿的人生，处处彰显出不肯低头认输的千古豪情，是那么慷慨激昂，又是那么悲壮惨烈。

　　刘禹锡的豪情体现在他不怕碰壁、蔑视权贵的"牛气"上。他是个不甘寂寞的政治家、哲学家和思想家，积极干预社会政治，因参与王叔文的永贞革新运动而被贬为朗州司马，一贬就是近十年。永和十年，他好不容易被召回京城，却在玄都观里题了一首惹祸的诗《戏赠看花诸君子》，"紫陌红尘拂面来，无人不道看花回。玄都观里花千树，尽是刘郎去后栽。"讽刺了满朝新贵都是在诗人被贬后才被提拔重用的，因而又得罪了权贵，再次遭贬，一去就是14年。然而，诗人并未变得"识时务"，依然牛气逼人，倔强如初，不肯向权贵低头妥协。回到京城后，他重游玄都观，浑然不惧再次遭贬，又题了《再游玄都观》一诗，"百亩庭中半是苔，桃花净尽菜花开。种桃道士归何处？前度刘郎今又来。"诗人俨然以最后的胜利者的口吻嘲弄了当年排挤迫害自己的满朝新贵，如今都销声匿迹，成为过眼云烟。可是，在"巴山蜀水凄凉地"饱受贬谪之苦的诗人，带着老病之躯回到京城，他真的胜利了吗？就算是一场胜利，那也是用二十多年的辛酸与屈辱换来的胜利啊！

刘禹锡的豪情同样体现在他久居困境仍不以己悲的积极进取的人世精神上。大凡失意落魄的文人，大都"自古逢秋悲寂寥"，怨天尤人，自暴自弃，而诗人却"我言秋日胜春朝"，始终保持乐观旷达的心态，深入民间，同情人民疾苦，还仿效学习民歌，作了《杨柳枝词》等诗，别开生面，对后世影响极大。且看《浪淘沙》："莫道谗言如浪深，莫言迁客似沙沉。千淘万漉虽辛苦，吹尽狂沙始到金。"表达了诗人历尽艰辛坎坷仍百折不回、矢志不渝的豪迈气概，撼人心魂，感人至深。刘禹锡获得"诗豪"的美誉，着实当之无愧。

刘禹锡的豪情更体现在面对"日暮途穷"的凄凉晚景，他仍难能可贵地保持清醒的头脑和开阔的胸襟上。同样面对晚景，李商隐顿生"夕阳无限好，只是近黄昏"的感慨，惆怅万分；柳宗元则低唱"孤舟蓑笠翁，独钓寒江雪"，以孤独的钓翁自喻，心中凄苦无比；白居易则发出"同是天涯沦落人，相逢何必曾相识"的浩叹，自伤身世；即便是文起八代之衰的韩愈，在被贬潮州的途中，也满腹怨愤地悲吟"云横秦岭家何在？雪拥蓝关马不前"，心中满是对家国的思恋，眼前尽是英雄失路的落魄与迷茫。而刘禹锡的心理承受能力则要强得多，他昂首高歌"莫道桑榆晚，为霞犹满天"，境界格外高远。

尤其让人感动的是，唐敬宗宝历二年，身心疲惫的刘禹锡罢和州刺史任归洛阳，结束了长达23年的贬谪生活。他在扬州遇见大诗人白居易，写下了著名的《酬乐天扬州初逢席上见赠》，"巴山蜀水凄凉地，二十三年弃置身。怀旧空吟闻笛赋，到乡翻似烂柯人。沉舟侧畔千帆过，病树前头万木春。今日听君歌一曲，暂凭杯酒长精神。"诗人虽以"沉舟"、"病树"自喻，但他更多的是看到千帆竞发，万木争春，完全超越了狭隘的个人天地，注目更为广袤的空间。他没有借酒浇愁，沉饮自醉，而是率然振起，投身现实，抓住暮年的最后时光，发挥余热。

"朱雀桥边野草花，乌衣巷里夕阳斜。旧时王谢堂前燕，飞入寻常百姓家。"一千多年的岁月过去了，旧时权贵们都已化为尘土，而刘禹锡的诗作却流传了下来，脍炙人口。他诗中那千古豪情至今仍深深地感染着人们。他那牛气逼人、倔强不屈的形象永远傲立于大唐王朝那个光明与黑暗并存、荣耀与艰险同在的历史时空里，熠熠生辉。看，他是那么自尊傲岸，又是那么酸楚悲怆，让人敬畏，更让人惋惜！是的，每当想起他那落魄困顿的人生，我心中更多的是涌起一种深深的无奈和悲凉。我不止一次地问，历史为什么总是要让有个性和风骨的积极入世者受太多伤害和屈辱？一个人要活出自己的尊严，难道非得付出昂贵甚至惨重的代价不可吗？

唐伯虎的诗意人生

提起明代大才子唐伯虎，可以说是家喻户晓。有人欣赏他的绝世才华，有人羡慕他的风流倜傥。然而，我以为，作为一个名动江南的大才子，唐伯虎对后人影响最大的该是他的诗意人生，即对一种更自由、更真诚、更浪漫的生活大胆执着的追求吧。

唐伯虎生不逢时，生活在高度集权专制的明朝。他同历史上众多富有个性、向往自由的文人一样，怀才不遇，放浪不羁。

正当他少年得志时，一场科举案使他与仕途终身无缘。后来，他的父亲、母亲、妹妹、妻子、孩子相继病殁。"春夏秋冬捻指间，钟送黄昏鸡报晓。请君细点眼前人，一年一度埋芳草。"他的心中埋藏着多少无奈与痛苦。在厄运的打击下，他看淡了功名，甚至看破了生死。他说得多好，"生在阳间有散场，死归地府亦何妨，阳间地府俱相似，只当漂流在异乡。"

尤其令人敬佩的是，接二连三的不幸，不但没有迫使他屈从于庸常的世俗生活，而且更激发了他追求诗意人生的勇气和热情。他大胆坦率地追求一种更为自由、更为真诚、更为浪漫的生活。人生苦短，譬如朝露，面对短暂的生命，唐伯虎显得异样洒脱，达观至极，尽量使每个日子多一些诗意与欢乐。

就在36岁那年，唐伯虎在苏州桃花坞建桃花庵别业。他在诗中写道："花开烂漫满村坞，风烟酷似桃源古，千林映日莺乱啼，万树围春双燕舞。"他的后半生二十多年里，几乎每年春天都在这千万棵如云如霞欲烧欲燃的桃林中流连忘返，与朋友聚会，过着一种"花中行乐月中眠"的生活。史载，他"筑室桃花坞中，读书灌园，家无儋石而客尝满座。风流文采，照映江左"。这样浪漫的生活，就是能过上一日，也足以快慰平生啊。

有许多人都为唐伯虎惋惜，认为他"及时行乐"，荒废了大好年华。如果没有那场科举案，他将做到三公六卿；如果他发奋著书，将成为著名的学者；如果他更潜心于诗画，将会达到更高的境界——然而，人生没有这么多"如果"，唐伯虎就是唐伯虎，独一无二的唐伯虎！我不理解，为什么许多人们都希望他按照自己规定的人生线路去生活，把自己的价值观强加于他？唐伯虎是可敬的，他不在意世俗的眼光，他从来就不想生活在他人的规矩里。

"我也不登天子船，我也不上长安眠，姑苏城外一茅屋，万树桃花月满天。"我总算明白了，一首《把酒对月歌》为什么会千百年来脍炙人口，感动着一代又一代向往自由、真诚、浪漫生活的人们的原因了。

活在红笺里的女子

近日，翻读《全唐诗精华分类鉴赏集成》一书，我被一个唐代旷世才女深深感动了。她就是薛涛。

人们了解薛涛，多半是从薛涛笺开始的。相传，薛涛天资聪慧，自幼随入蜀为官的父亲薛勋由长安迁到蜀中。后来薛勋去世，她便和母亲相依为命，艰难度日，并把成都当作终生栖身之所。不久，薛涛家中一贫如洗，她被贫穷的浊浪卷入青楼粉巷，沦为乐妓。到20岁时，她才有幸走出青楼，告别了乐妓生涯。从此，她来到成都西郊万里桥的浣花溪畔，隐居于鸡碧坊。她闭门深居，独守清贫,终身未嫁。寂寞的日子里,她在庭院里栽种了许多枇杷树,并取井水造笺,亲手制作出一种深红如血艳丽如霞的精美别致的小笺,人称"薛涛笺"。

薛涛笺的故事美丽而又浪漫。那一方方精美的红笺,见证了一代才女的千古才情。据说在薛涛8岁时,她的父亲即兴吟出"庭除一古桐,耸干入云中"的诗句,她马上脱口唱和出"枝迎南北鸟,叶送往来风"的绝妙佳句。作为一代才女,薛涛能歌善舞,琴棋书画、诗文辞赋更是无一不精。在悲苦凄绝的境况下,她在自制的红笺上写下了数百首美丽动人的诗篇。比如《赠远》、《送友人》、《牡丹》等诗,就历来传诵不衰。一个落魄的女子,她能平静而优雅地在自制的红笺上写诗,这甚至比古代隐者在石壁上题诗,在蕉叶上作画,比"山中煮酒烧红叶",还要浪漫一些。

然而,薛涛笺主人的爱情美丽而又凄迷。薛涛的一生执着而深沉地爱着一个人,这人便是与白居易齐名的诗人元稹。自从元稹的妻子韦氏亡故后,薛涛便与他情真意切地相恋了。而元稹的遭贬与远离,又使其爱情变成了一株旷野西风中孤独的瘦柳。古道茫茫,西风猎猎,随着元稹的身影渐行渐远,薛涛的爱情也因此变得遥遥无期。且看那红笺上美丽而又忧伤的诗句,"去春零落暮春时,泪湿红笺怨别离","水国蒹蒹夜有霜,月寒山色共苍苍,谁言千里白今夕,离梦杳如关塞长",多少个花之晨,月之夕,薛涛望断天涯,苦苦思念着元稹,为坚守一份无望的情感而孤苦终生。直到她香销玉殒,被葬在成都近郊的望江楼旁,她仍没有忘记对这份纯真的爱情的守望。

一千多年的岁月里,薛涛这位柔弱而不幸的才女,一直沿着美丽而忧伤的红笺向人们缓缓走来。薛涛笺成为忠贞不渝的爱情的象征。薛涛的名字千古流芳。尤其难能可贵的是,她不像西施、貂蝉、杨玉环等美女仰仗天姿国色,成为"红颜祸水",才青史留名。她也不像唐诗宋词里那些青楼粉巷里的风尘女子,如小红、小苹等,以有名无姓的姿态,谜一样地活在读者的记忆中,让人心生怜惜。而薛涛则以她自制的红笺,以她红笺上的题诗,以她看似平静的特立独行的生活方式,以她对爱情的痴情守望,赢得世人的欣赏和尊重。正如唐朝诗人王建所言,"万里桥边女校书,枇杷花里闭门居,扫眉才子知多少,管领春风总不如。"可以这样说，薛涛是中国古代女性中的一个另类，她用一生的浪漫与才情，用一生的凄苦与等待，抒写了一个美丽而悲凉的民间传奇。

人与花的默契

我没见过真实的玉茗花。有人说，玉茗花其实就是栀子花，对此我不敢苟同。但可以肯定的是，玉茗花注定是一种冰清玉洁、富有传奇色彩的花。

相传，弃官归隐故里的汤显祖潜心戏剧创作。一日夜间，他精心构思《牡丹亭》中的杜丽娘形象，正当神思枯竭之际，玉茗仙子飘然而至，面授机宜，他欣喜中一觉醒来，竟成一梦。他好生奇怪，挑灯踱到庭前，只见他平日最喜爱的玉茗花（一种洁白珍奇的山茶花）正蓦然绽蕾开放，幽香袭人，皎洁如雪，令人心荡神摇。顿时，他才思泉涌，清词丽句一发而不可收，终于完成了千古绝唱《牡丹亭》。

文学创作中兴会来临、灵感突至的现象，向来众说纷纭，是个千古之谜。关于汤公这一传说的真伪，自然也无从考证。不过，从史料来看，汤显祖平生的确酷爱玉茗花，他的故居就叫玉茗堂，他的《临川四梦》又叫《玉茗堂四梦》。

汤公为何如此钟爱玉茗花？莫非玉茗花的气韵与汤公的人格之间有某种联系？花贵在气韵，人贵在品格。人生在世，最宝贵最值得后人纪念的就是其人格。如果说历史上临川出过两个巨人，那么，一位当推王安石，另一位就是汤显祖，最能体现王安石人格力量的是"天变不足畏，祖宗不足法，人言不足恤"的"三不足"精神，是那种敢为天下先的改革精神。而最能体现汤显祖人格魅力的应是他的"四香"座右铭：不乱财，手香；不淫色，体香；不诳讼，口香；不嫉害，心香。这样看来，玉茗花的冰清玉洁与汤公的"四香"还真达成了一种无言的默契呢！

真的，汤显祖的人格与玉茗花的气韵有太多的相似相通之处。

首先，汤显祖的刚直耿介、洁身自好与玉茗花的冰清玉洁、洁白无瑕是完全一致的。汤显祖出身书香门第，自幼天资聪明，21岁中举人，28岁就成了全国闻名的才子。他本该有一片"锦绣前程"，然而他天生不肯依傍豪门，阿谀权贵，面对当朝宰相张居正的几番拉拢，他竟断然拒绝，结果得罪权贵，三度进京会试均落榜。直到张居正死后第二年，34岁的汤显祖才得中进士。当时朝廷辅臣申时行、张四维想把他收在门下，他又加拒绝，自请到南京做了个太常博士的闲官。他如此珍视自己的人格操守，毫无奴颜媚态，在黑暗肮脏的官场上何其难能可贵！

其次，汤显祖的不畏权贵、为民请命与玉茗花的不惧风霜、忠贞不渝又何其神似。明万历十九年3月25日，汤显祖不顾个人安危，写了有名的《论辅臣科臣疏》，义正词严，针砭时弊，抨击朝政，弹劾了两位首辅，触怒了皇帝，结果被贬到广东雷州半岛最南端的徐闻县当典史。为此，他付出了多么高昂的代价！试问天下官场，有几人有如此勇气和胆识？

当然，最值得一提的是，汤显祖不畏挫折、愈挫愈勇的积极进取的入世精神与玉茗花坚忍顽强、蓬勃向上的品格更是达成了高度的默契。不知何故，谈及汤显祖，我总会情不自禁地想起庐山脚下那个只做了72天县令便厌弃官场、归隐田园的陶渊明。他的田园诗写得很地道，他"采菊东篱下，悠然见南山"，那种平和、恬淡、超然的心境，那种不肯摧眉折腰、同流合污的人格，的确很让人称道。然而，他毕竟隐士气太重，缺乏入世的信心、坚韧和周旋力，稍遇不顺，便思归隐，逃避现实，这显然是不足取的。相比之下，汤显祖倒更具有儒家知识分子的关爱苍生、兼济天下的入世情怀，每每能在逆境、险境乃至绝境中振作起来，位卑仍忧国，有所作为。哪怕是被远贬到徐闻县当典史后，他也"不以己悲"，不怨天尤人，不自暴自弃，而是竭尽所能，重视教化，造福一方。据说，当时徐闻县的士民普遍存在一种"轻生"、"自贱"的思想。为此，汤显祖创办了"贵生书院"，并亲自登台讲学，以"贵生"之说教育士民，提出"天地之性人为贵"、"君子学道则爱人"，强调人人皆有"生"的权利，应该珍视生命。他的讲学，犹如茫茫大海上树起的灯塔，吸引了大批学子前来求学，开创了徐闻礼仪之先。即便在弃官归里后，他也退而不休，除了潜心戏剧创作完成《临川四梦》和从事演出活动外，还热心于家乡的公益事业，与人在今抚州市下桥寺创办崇儒书院，兴学育人。

说到底，玉茗花分明就是汤公历经宦海沉浮、人世沧桑而仍始终保持冰清玉洁的高尚人格的象征。汤公最可宝贵最值得后人纪念的就是他冰清玉洁的高尚人格，就是他洁身自好、不畏权贵、位卑不忘忧国、失意而不失志的入世精神。

最后，我要提醒的是，汤显祖出生于1550年，距今快5个世纪了。至今，国人仍一往情深地热爱他，纪念他。单在抚州城区，就有汤墓、汤馆、玉茗堂剧院、羊城广场等场所向游人开放，以纪念这位伟大的戏剧家，这朵漫漫长夜里不凋的玉茗花。作为地道的临川人，每年春天，我总会带着小女儿到人民公园瞻仰汤墓，每当看到那芭蕉伸绿、雪松耸翠、竹影扶苏、垂柳依依、花香鸟语、蛱蝶纷飞的美景时，我就恍如置身于汤公的戏剧中，不知哪只蝴蝶是杜丽娘的倩影，哪棵柳树又该是那柳梦梅的化身？我又仿佛看到那个羽扇纶巾、清癯儒雅的书生幻化为一朵冰清玉洁的玉茗花……汤墓确是一个能激发人们美好想象的如诗如画的好去处。多少年来，我就一直以这种古老而诗意的方式表达对汤公的亲近和纪念。

永不飘逝的书香

世事迁移，岁月沧桑。从古至今，抚州这方人杰地灵、书香飘溢的热土，一直以重视教育、培养人才而闻名遐迩。然而，抚州保存至今的古代书院已寥寥无几，且大都风雨飘摇，岌岌可危了。

作为抚州古代教育丛书的编撰人之一，我常到昔日书院的遗址上走走看看，穿越历史的时空，感受岁月的沧桑，思考古今兴衰枯荣之理。

真的，时光的魔力简直无坚不摧。莎士比亚在十四行诗中反复喟叹："时间会把少年郎脸上的光彩改变,会在美丽的额上刻上一道道横线,时间能吃光造化的一切珍馐,在他的镰刀下,还有什么能够存留?"世界上还有什么能经受住时间的侵蚀和消磨?当然,抚州古代书院也不例外。宋代文学家曾觌在其居所之侧创办的兴鲁书院,经历了八百多年的风风雨雨,如今连残垣断壁也模糊莫辨了。宋代教育家朱熹亲临讲学的临汝书院,早已沦为汽车厂的厂址。宋代思想家、教育家李觏创办于南城的盱江书院,几经变迁,连一鳞半爪的遗踪也荡然无存。宋代理学家陆九渊创办于金溪的槐堂书屋,而今只空闻其名不见其实。而明代伟大戏剧家汤显祖创办的崇儒书院,更是早已成为正觉寺下院了。即便是崇仁的草庐书院、乐安流坑的文馆,也颓败不堪了。当年多少显赫一时的书院,或冷落于枯枯荣荣的离离衰草间,或湮没于黄尘古道,或静默于夕阳晚风里,诉说着那无言的沧桑与凄凉!

还是这片古老的土地,而土地上的一切都在暗中偷换青黄,悄声无息地变化着。岁月如歌,即使能逆风而飞,能溯流而上,我也无法回到从前的岁月。

我以为,抚州先民对教育的重视和热爱,至今值得继承和借鉴。自从唐代罗坚在宜黄棠阴创建了抚州最早的书院——湖山书院后,抚州的大小书院便如雨后春笋般不断涌出。抚州历朝历代的父母官大都重教化,美风俗。他们除亲自主持修建书院外,还撰写学记,甚至捐资助教。他们把教育看作功在千秋、造福后人的头等大事。而魏晋以来,王羲之、谢灵运、颜真卿、白居易、刘禹锡、朱熹、陆游、徐霞客等大批文人学士纷纷来抚州供职、讲学、寓居和游览,通过言传身教特别是以其卓越的学术诗文成就推动了抚州文化教育的发展。我国文学史上存诗最多的诗人陆游,他在抚州任职一年左右,竟写下了《拟岘台》等近两百首诗作。是抚州的钟灵毓秀,吸引了大批官宦士子,还是文人学士的风流儒雅使抚州散发出更加浓郁的书香?

应该特别指出的是,抚州先民自古以来喜诗书好文辞的社会风气,也大大促进了古代教育的发达、书院的昌隆。在抚州,"地无乡城,家无贫富,其弟子无不学,读书之声,尽室皆然……为父兄者,以其子弟不文为咎,为母者,以其子与夫不学为辱。"

　　槐荫霭霭，桂树青青。那一座座古老的书院，培育了一茬又一茬的"临川才子"。据统计，以宋代到清代抚州获得进士资格者多达二千四百余人，并涌现出上百个进士家族，如南丰曾氏家族、乐安流坑董氏家族，录取进士均在30人以上。

　　书院教育的时代早已成为历史，然而，从历史深处飘溢出的阵阵书香似乎并未随风飘逝。我像一条鱼，在书香中游弋；我像一只鸟，在书香中翱翔。

　　而最让人感动的是古代书院里传承下来的"苦读"精神，激励着一代又一代抚州学子发愤图强，从红土地上站起来。在那个漫长的封建时代，寒门子弟要立世扬名，出人头地，只有走科举这条逼仄而拥挤的道路。王安石拜荆条、杨志坚休妻攻制举业、黄作求饿肚子读书、李联琇抓烂脸防打瞌睡等苦学成材的故事，在民间广为流传。

　　多少往事难追忆。如今，书院教育的时代早已过去。一个个书院大都湮没于历史的烟尘中，不可复辨。年年春天，我就像复活的幽灵，行走于抚河两岸，看野草青青，在风中摇曳，看野花绚烂，在风中盛开，看万千蝶影翩翩舞动，乍隐乍现，就如汤显祖《牡丹亭》中杜丽娘或柳梦梅的化身，我常产生诸多美丽的幻觉。我深信，抚州古代书院中深厚的文化积淀、文化底蕴、文化氛围、文化传承就像河边的野草一样生生不息，像野花一样芳香飘溢，像蝴蝶一样美丽多姿。是啊，古代书院里那久远的"书香"，正悄然融入抚州城乡的大小学校，融入每一个抚河儿女的灵魂深处，永远也不会随风飘逝！

第四辑 / **浪漫情怀**

书中有张美人照

那是8年前暑假的事了。我到抚州市一家处理书摊子上淘书，购得一本《西湖游记选》，是浙江文艺出版社20世纪80年代出版的，定价1.13元。书的封面极考究，印有宋人的《西湖春晓图》，古色古香，书中篇章均出自古今名人手笔，充满闲情野趣。

书很旧且有点破损，里面的《佛山净慈寺游记》、《临平登山记》及《后记》等文均已轶失。我更不知购买原书的主人是谁，因为未署名。然而，太出乎意料了，我从书页间无意发现书主人的照片，黑白的：那是一个夏日，一位看上去十八九岁的姑娘，身穿连衣裙，梳着两条羊角辫，饰有蝴蝶结，额前低垂着几缕刘海儿，如柳丝轻拂，两只清澈的大眼睛水灵灵的，竟找不出一丝邪念，她圣女般地微笑着，挥动着左手，显得亲切自然，而又超凡脱俗。可以明显地感受到，照片中的她浑身洋溢着青春的骄傲，燃烧着青春的火焰。多么清纯美丽的姑娘，花一样的容貌花一样的年龄！

照片反面题有照相时间：1979年6月23日。书主人是何时将照片误作书签夹入书页间，又是何时将书处理，卖给书贩，竟又不小心将玉照忘在书中？多么巧合！我出生于1969年6月24日，正好相隔十年。冥冥之中，似乎有一种无法解释无法破译的神秘力量在操纵着人生命运，让我与她相遇于这本书里。缘分这东西，真说不清，道不明，逃不脱，躲不过。这让我想起了许仙与白娘子于西湖烟雨断桥相会的情景，不错，他们是有缘的。而我能在一本旧书里意外地遇上她，不也是一种造化和宿缘吗？尽管我至今不知道她姓甚名谁。

　　自照相之日起，已时隔28年了，书主人现在怎样了？寂寞的日子里，我常常捧起这本旧书，反复阅读，读倦了，便端详起这个女子的照片来。28年的风霜啊，照片上的容颜丝毫未改，青丝红颜依旧，而事实上，她却在红尘道上又多走了28年！28年的风霜，肯定将她昔日的芳容改变得面目全非，不可复辨了。但有时我又想，二十几年弹指一挥间，说不准她仍风韵犹存，还能从她的容颜里找到青春时的灿烂与馨香。想着想着，我又情不自禁地将目光停留在那张照片上，我向她凝望，向岁月深处凝望，她冲我微笑，冲无边世界微笑。一本书，就这样支撑起我们两个人的天堂。

　　这是多么真实而美好的缘分啊！今天，当我拿着《西湖游记选》这本破损的旧书和这张泛黄的美人照片，还能从滚滚红尘、茫茫人海中辨认出那个曾让我一度心醉过的姑娘吗？！

泡桐树下的打印店

　　1990年开始，我迷上了文学，常给报纸副刊和文学期刊投稿。刚开始，我用方格稿纸誊写文章，一稿一投。后来，编辑部流行打印稿。那时，我家里还没买电脑。我只好拿手写稿去打印了。

　　我先后到不少打印店里打印，但价钱贵，一篇千字文要花4元钱。于是我为了节省成本，事先总要挑出最满意的作品再三修改，直到找不出一点儿瑕疵后才慎重地拿去打印。

　　大约8年前，经人介绍，我开始到抚州城外天主教堂附近的一家小打印店打印文章。给我印象最深的是，小店门前长有一棵泡桐树，那时正值暮春，树上繁花似雪，散发着特有的芳香。小店不到6平方米，不仅面积小、位置偏，而且里面光线昏暗，即便是大白天，也常亮着灯。店主是位十几岁的姑娘，姓罗，外地人，小个子，眉目清秀，但性情腼腆，不愿多说话。小罗打字飞快，且很少打错字。她收费很低，一篇千字文稿才收2元钱。也许是那棵泡桐树好记好找的缘故，我就这样认识了小罗和她的打印店。

泡桐树几度花开花落，我和小罗越来越熟了。有时，她还会自作主张地修改我的文稿，把一些明显的错字更正，把个别不通的语句理顺，甚至向我提出不少意见。让我欣慰的是，经她打印的稿件，大多数都发表了。她看到我发表的大作，总有说不出的兴奋，硬要我留份样报或样刊给她，就像是她发表的一样。

大约6年前，又是一个泡桐花开的春天，我拿着几篇文稿去找小罗打印。走到店门前，只见地上落了不少泡桐花。刚要踏入店门，只见一个女孩笑脸相迎。我呆呆地望着她。她跟小罗太相像了，看上去十八九岁的样子。她告诉我她姐小罗回老家结婚了，再也不回来了。她递给我一本纪念册，里面按时间顺序，将我近几年发表文章整齐地剪贴着，中间还插有不少图片，真是太精美了！小罗真是有心人，留给我这么好的礼物。我好感动。

此后不久，小罗的妹妹又将打印店迁至附近一家较大的店面。她的生意越来越好，可收费依旧低廉。更巧的是，不知是上天的刻意安排，还是小城的泡桐树原本就多，总之，新店门前也长有一棵泡桐树，高大挺拔，春天开满雪白的花朵。于是，我又成了新店的常客。小罗的妹妹不像小罗那样腼腆，她爱说笑，很好相处。尽管她打字慢，但特别细心，唯恐打错一个标点。她常跟我探讨哪篇文稿写得美，哪篇还欠火候，得修改润色后再定稿打印。说来也怪，经她打印的文稿不仅大多能发表，不少还受读者好评。

岁月如流，转眼冬去春来，泡桐树上又是一年花开花落。4年前的春天，当我来到打印店时，我发现小店又换了主人。店主人是小罗的三妹，十八九岁的样子，长相酷似两个姐姐，很讨人喜爱。她告诉我，她二姐也回老家结婚了，不会再回来了。

我顿感莫名的惆怅。我呆呆站在小店前，痴痴地仰望着泡桐树上洁白的花朵，在明媚的阳光下熠熠闪光，依旧像当初一样美丽而芳香。年年岁岁花相似，在我眼里，女孩的青春就像泡桐花一样短暂易逝。真想不到，才几年功夫，小店竟几经变迁，数次易主。我不知道小罗和她的二妹回到老家后，是否找到一份如意的工作，是否过上了好日子。

前几年春天，我也买了台电脑。没事的时候，我便坐在电脑前敲字。然而，敲出的文稿似乎缺乏一种灵气和生气，很难挑出满意的精品。

我已经好久没去那家泡桐树下的打印店了，听说拿U盘去输印一份千字文稿才1毛钱。

前些日子，我偶尔路过小罗的打印店。我发现她不在了，新店已经变成了皮鞋店。谁也不知道小罗姐妹如今去干什么了。我看到她们店门前的泡桐树花开得正旺，就像刚下过一场雪。

风　　筝

每年春夏之交，梦湖上烟波浩渺，碧水盈盈，湖畔杨柳依依，游人如织。梦湖广场上放风筝的人也越来越多了。

这天傍晚，一轮皓月早早地从梦湖东岸的抚州市区的烟树重楼后升起，月华如水，清辉四溢。我照例赶来凑热闹了。我来到广场边的一株垂柳树下，找一个长条木椅仰坐着。我打量着附近的地摊，有卖饮料的，卖玩具的，卖孔明灯的，套圈的，蹦床的，射气球的，还有卖风筝的，都围满了人，好不热闹。我看到绿草如茵的广场中央，有众多男女老少奔跑着，欢呼着，他们正在放风筝。天上的风筝可真多，有蝴蝶风筝，蜻蜓风筝，蝙蝠风筝，蜈蚣风筝，有鸢式风筝，老鹰风筝，燕子风筝，它们五颜六色，千姿百态，高高低低地飘飞着，追逐着，甚至纠缠着。在满天的风筝中，我寻找着一只鸽子风筝，但它却一直没有出现。

　　还记得几年前的一个初夏的傍晚。当时，我带着心爱的鸽子风筝到梦湖广场上放飞，它飞得极高，姿态优雅、飘逸，吸引了众多羡慕的目光。我听到小朋友高声喝彩，心里美滋滋的。正当我暗自得意时，我突然发现空中多了一只鸽子风筝。它鼓动着银灰色的双翼，正朝我的鸽子风筝靠近，靠近，比翼齐飞。大伙先是一愣，接下来便齐声欢呼。正当我分神时，大事不好了，两只鸽子风筝的轴线纠缠到一起了。我慌忙转圈，试图拆分开轴线。没想到那轴线竟越缠越紧，难拆难分。这时，有个小伙子开起玩笑来："你们俩真有缘分，难舍难分！"

　　我很是尴尬。我不由得注意起那个放风筝的人来。我惊异地发现那人竟是个二十来岁的姑娘。她身材高挑，面容姣好，眉清目秀，长发飘飘。见我呆望着她，她嫣然一笑，连连致歉道："大哥，真对不起，我学放风筝，不小心缠住了你的风筝线——"看到她甜甜的笑容，我怎么也生不起气来。我忙说："没关系，认识你我很高兴。多放几回，你就会了。"

　　还别说，那姑娘此后经常到梦湖广场放风筝。我们总是不期而遇。我们都不约而同地放鸽子风筝。见面多了，我们便渐渐随和起来。从她口里得知，她来自北方大草原，正在东华理工大学读书。然而，我们并没有深交，见面只是点点头，笑一笑，说几句问候性的客套话。我们更多的只是"筝友"。我们的鸽子风筝在天空中飘飞着，追逐着，时高时低，忽前忽后，若隐若现，混迹于各色各样的大小风筝中。有人说放风筝的人大都心态平和，淡泊名利，也有人说放风筝的人不安现状，富有浪漫情怀和英雄情结。我坦言，自己不是一个有远大理想的人。我放风筝纯粹是为了好玩，凑趣。但自从那姑娘出现后，我放风筝时便多了一种期待，总希望能与她不期而遇，让我们的鸽子风筝比翼双飞。

　　夏去秋来，我在深秋来临之前，仍会去梦湖广场放风筝，就像放飞我尘封已久的梦想。我不想通过放风筝来引起人们的好奇和关注，也不指望能赢得人们的鼓掌和喝彩。我发现广场上放风筝的人越来越少了，天上的风筝屈指可数。然而，我的鸽子风筝并不孤单，因为即便到了深秋，那姑娘仍时常来放风筝。看到她的鸽子风筝飘飞在蓝天，我的心底便涌起一股温暖。我不知道她是否有我同样的心情。也许是出于理性，甚至自卑，我从来不敢向她打听更多的"秘密"，更不敢冒失地向她表达爱慕之意。我们总保持着这种不远不近的距离。

冬去春来，年复一年，我和她仍时常在梦湖广场上相见。在绿草如茵的广场上，我们的风筝越飞越高，而我们的心扉始终未能朝对方洞开。在满天的风筝中，没有人会注意到空中有两只几乎一模一样的鸽子风筝，更没有人会想到同样放着鸽子风筝的两个人的心灵间的距离到底有多远。

去年夏季，我几乎每天傍晚都去梦湖广场上放风筝。我在等待那个姑娘，等待她的鸽子风筝飞上高高的云天。但她和她的风筝却一直没有出现。不会错，就在我的犹豫和等待中，她肯定大学毕业，离开这座城市，回到北方大草原，或者到沿海打工了。

如今，我已经习惯了等待，甚至空想。今年入夏以来，我仍时常到梦湖广场放风筝，还是那只看上去很旧的鸽子风筝。我知道她不会再来，那只属于她的鸽子风筝已经飞向远方，永远消失在这个城市的上空。而我仍站在老地方，放飞着那只褪色的鸽子风筝，不为别的，只为了怀念一段暧昧而幸福的时光，同时也为了祝福远方的她。是的，我忘不了她和她的鸽子风筝！

那棵樱桃树

校园里，离校门口不远有幢老式教工宿舍楼。楼底下围有多个小院子，栽有花木蔬菜。最靠西边的是陈老师的院子。里面栽有金银花和一棵樱桃树，那金银花藤早就爬上墙头，而樱桃树看上去有十多年的树龄，不过很少人知道它是何树。院墙外有条较宽的巷子，巷子西边是幢老教学楼。平日里，从巷子里过往的师生络绎不绝。

每年正月，那棵樱桃树开满粉红的花朵，细而密，层层叠叠，如霞似雪，煞是好看。更有那艳丽的花枝压过墙头，恍如美人伸出的纤纤玉手，让人浮想联翩。此时，桃花、李花尚未开放，樱桃花因而特别引人注目。我路过小巷里时，总会驻足停留，仰望那满树繁花，忍不住啧啧赞叹："多美的花啊！"陈老师听后，总是乐不可支，甚至邀请我到小院里欣赏个够。我推辞道："墙内开花墙外香，距离产生美。墙外看花更有韵味。"陈老师也不勉强。有一回，我出差回来，看到小院里的樱桃花快要凋谢了，很是惋惜，便蹲在墙外拍摄那行将飘零的樱桃花。由于阳光太炫，拍摄效果不佳，陈老师还特意帮我打伞。我很感动。

年年早春，我们都会不约而同地来欣赏陈老师院子里的樱桃花，或翘首仰望，或合影留念，或踮起脚尖，跳跃着，伸手探触花枝。年复一年，花开花谢，我们年轻而美丽的身影在樱桃花下日渐模糊。

也许是由于多年来感触和积淀，有一回我突发灵感，以陈老师院子里的樱桃树为原型，写了一篇小小说《花事》。《花事》写一棵树上开满了粉红的花朵，大家不知道它叫什么花，有的说是桃花，有的说是海棠花，有的说是桑树花，最终只有一个叫文文的男孩，从6岁开始到16岁读高中，花了10年的时间才弄清它叫樱桃花。难道樱桃花就那么难以辨认，连生物老师都不知道？事实不是这样的。原因是人们大多从实用主义的态度出发，由于不关涉自己的利益，他们没把它放在心上。小说表现了对学校、家庭和社会教育的忧虑，并充分肯定了孩子身上的科学求真的精神。随着小说的影响不断扩大，学校的多数师生都读过，我想陈老师肯定也读过，或者至少听说过。

可是，渐渐我感觉到人们的眼光有点异样，尤其是陈老师见到我总是怪怪的，爱理不理。也许有人跟陈老师开过玩笑，说了什么不合适的话，把我的小说同他的樱桃树扯上了关系，引起了他的误会吧。

而最让我失望的是，去年冬天，陈老师的樱桃树落叶了，落满院子，它裸着光秃秃的枝丫，甚是凄凉。陈老师借口说樱桃树会落叶，招惹飞虫，还会遮挡阳光，竟要将樱桃树拦腰砍断。左邻右舍大惑不解，很是惋惜。有位邻居硬是阻止了陈老师进一步的疯狂举动，把那棵樱桃树连根挖走，移栽到校园的一处冷僻角落。

　　说实话，我本不指望那棵樱桃树会大难不死。然而，也许是上天怜见，那棵樱桃树竟奇迹般地成活下来，那残肢断臂上长满了簇簇新叶，估计以后生存不成问题了。看着死里逃生的樱桃树，我心里很愧疚，总感觉其不幸命运同自己脱不了干系。今年入春以来，我曾多次偷偷地去看望它。可以想象，数年之后，那棵劫后重生的樱桃树一定会枝繁叶茂，花开如雪，重现往日的美丽。只是为了不去伤害那棵樱桃树，到那时，我将不会再写有关它的任何文字了。

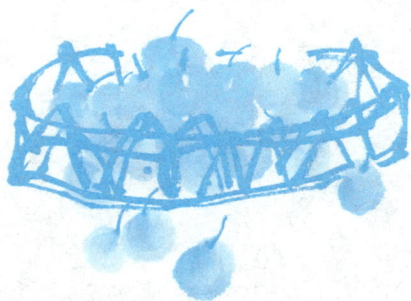

第五辑 / **履痕处处**

城外，那一片冷落的辉煌

文昌里，抚州人俗称城外，指文昌桥东到剪子口西这片面积广大的抚州老城区。新中国成立前，抚河水运发达，这里曾是抚州经济、文化和商贸中心。新中国成立后，随着抚河水运萧条，城外慢慢失去传统的商业活动，日渐衰落，改革开放后，它与一河之隔的主城区的差距越拉越大，快成为拍摄怀旧电影或电视剧的理想场所。无论站在哪一条老街上或深巷里，你都会感受到一种古旧气息扑面而来。你会觉得自己仿佛回到几十年前，甚至百年前，日子长起来，生活慢下来，时光停下来。

一

城外，绝对是一个特殊的地方，是一个容易引起人们遐想的地方。

乡下人常说，要买锄头、铁镐、铁铲、镰刀，请去城外；要买木盆、木桶、木砧、菜刀、搓板，请去城外；要买竹簟、箩筐、竹床、竹椅，请去城外；要买渔网、钓具，请去城外；要弹棉絮，修伞，磨剪刀，雕木菩萨，买旧瓷古玩，请去城外；要赶庙会，买便宜货，请去城外。当然，要打听千金坡、瓦窑、汤家山、竹椅街、打船厂等陌生地名，那也请你去城外。城外俨然成了一个特殊的商贸场所，成为落伍遁世者怀旧寻梦的桃源。

城外的特殊之处，还在于那些逝去或行将远去的风景，渐渐成为一种文化精神符号。徜徉在城外的抚河边，我眼前总浮现出抚河水运繁忙、千帆竞发的壮观场面。我仿佛看到那昔日的旧码头，看到那一级级的台阶，看到那临水迎风的吊脚楼。我寻找着河水上远去的船帮，寻找着漂浮的竹筏和木排。我寻找着麻石板铺就的大街小巷里操着各种口音的南北商贾匆匆而过的身影。然而，这一切都成为往事。

站在城外，河水依旧，河风依旧，文昌桥依旧，沿河的老街依旧，老屋依旧，老树依旧。而我却迷失了。我迷失在那些似曾相识的老屋里。我迷失在那些恍然如梦的深街曲巷里。我迷失在古老岁月的风尘和阴影里。我迷失在那些似是而非的千年文化情结里。

二

城外的街巷大都特别老，经历过千年的风霜，地上多铺着麻石条，有的石条上还有凹陷的沟槽，应该是过去独轮车(俗称鸡公车)轧过后留下的辙痕。当然，有的街巷要么铺着水泥，要么被抽掉石条，裸着沙石泥土，明显是新中国成立后所为。老街旁，多栽有高大茂盛的老树，以枫杨树为主，它们见证了老城区的沧桑岁月。而深巷两侧多为历史悠久的老屋，它们斑驳而威严的高墙默然肃立着，一路逶迤而去，给人一种逼仄、压抑甚至窒息感。

城外街巷的名字很有个性和特色，富有民间色彩。太平街、郭家湾、河东湾、直街、横街、东乡仓、三角巷、李家巷、过家巷、竹椅街、汝东园、灵芝山、炉子厂、官沟上、刘家井、榔树下，等等。一听名字，你便感到地道，亲切，产生种种遐想。

城外的街巷多如牛毛。它们阡陌相通，纵横交错，像蛛网，似迷宫。你稍不留神，便会迷路，兜圈子，半天出不来。

城外的街巷大都幽僻而安静。走在狭窄、曲折、阴暗的深巷里，你再也听不到先民怡情优雅的脚步声和鸡公车碾着麻石条发出的嘎吱声，再也看不见操着南北口音的商贾身影。你走着走着，容易产生幻觉。当一堵残墙后的一棵绿树突然在风中摇摆枝叶，你会吓得一大跳，以为是人影晃过。

在不少深巷里，有的石道上长有湿滑的苔衣，有的墙脚长有各种杂草，如骨碎补、地丁、海金沙、马鞭草、狗尾草、荩草等。我曾在一条冷巷的出口处，见到不少野苦荬菜、野苋菜，长势喜人。尤其是在一些老屋前的空地上，还长有商陆、苍耳、野蒿、地肤、龙葵和千岁藤等。更有意思的是，在一座老屋的墙根下，我还看到一种叫赭魁的藤蔓，正往墙上攀爬，那藤叶间结有不少像小螺蛳一样的褐色果子。据说民间曾用其根部块茎来抗癌。不过，对于不懂中草药的绝大多数市民来说，赭魁永远是一种野草。

三

城外不光老街老巷多，老屋更是多得不可胜数。

一种是宗教建筑，如正觉寺、天主教堂、玉隆万寿宫、白塔古庙等。它们历史悠久，宗教文化氛围浓厚。白塔古庙地处河东湾北端，西傍抚河，它看似低矮破旧，却透出一种纯洁和静穆。看那庙墙上一块块平整规矩、薄而牢实的大青砖，无不散发着久远年代的气息。庙门前还围了个小院，院内左边墙根下栽有一株石榴树，约摸有20年树龄，枝上挂着几个红石榴，咧着嘴笑呢。院子中间有一眼数十米深的古井，朝下望，只见井壁上长满冷绿的小草，那水面波澜不惊，像面镜子，照出你的容颜，有些陌生。

玉隆万寿宫，又叫抚州会馆，层楼飞檐，雕龙画凤，雄伟壮观，是赣派古建筑的杰出代表。据说它是为纪念东晋水利专家、道教大师许逊而建。它的石门坊雕饰精美，异常气派，具有极高的艺术价值。门额上题字：玉隆化境。大门两侧刻有一副长联，字体较小，右联下端的几个字已斑驳脱落，不可复辨。馆内有前中后三厅，前厅建有大戏台，规模宏大，大理石台柱上镌刻着一副颇有气韵的楹联：春角秋商调元一曲朝天子，南宫北谱好事双声贺太平。相传这里曾是当年抚州商帮的重要活动场所，馆内可容千人，朱德、李井泉曾到此开展革命活动。由于风雨侵蚀，如今的万寿宫岌岌可危，须修缮和保护。

　　另一种是古代民居，以明清和民国初期的老屋为主。刘家井和汝东园就是城外享有盛名的民居群。这里多为清末民初的老建筑，它们见证了抚河当年发达的航运，接待过天南地北的商客。它们大都是深宅大院，几栋几进，大有藏龙卧虎、吐纳万象之恢宏气度。过去这里，府邸宅居就是一个家族的门面，它们往往非常讲究，重视自身的个性和品位。它们的门坊雕饰异常精美，是不可多得的艺术品；那石匾上的题字古朴典雅、苍劲有力，是供人观瞻、临摹的绝好碑帖。同现代千篇一律的商品房相比，它们算是幸运多了，都有自己的名字。人们往往把门坊石匾上的题字作为宅第的名字。单看它们的名字，如"高平旧第""过家大院"、"秀挹颖川"、"延陵世家"、"扶风世家"、"汝南世家"、"庆衍义成"、"家传有道"、"江陵毓秀"、"西平世泽"、"广厂"、"晚娱轩"、"文兴庵"、"如云居"、"清贻居"、"大夫第"、"高士第"、"儒林第"、"双峰第"、"爱莲世第"等，便富有个性和诗意，让人对屋主人的来历、志向、情趣和涵养有所察悟，断不敢小觑。

　　刘家井1号就是一栋西式与传统建筑的相结合的典范之作，见证了昔日临川人的文化视野和文化包容襟怀，老红军郭森林一家当年就在这栋房子里住了几十年。"江陵毓秀"、"西平世泽"等幸存的依稀可辨的门匾，为临川人口迁移史的求证，提供了最直接的物证。更有意思的是，有的老屋里还铭记着1942年5月日本窜扰抚州的罪恶证据，如"江陵毓秀"这座清末老屋，曾驻扎过日本兵，他们的战马就拴在老屋前厅的柱子上，四根柱子和柱壁上都留下马啃的印记，其中两根柱子被啃得只剩下一半，至今犹在。

　　从郭家湾转进一条麻石铺就的深深小巷过家巷，步入汝东园，可以看到4座紧密相连的古代民居，都高墙飞檐，庭院深深。看那风火山墙、门坊、斗拱、梁柱、门窗格扇上雕有各种花鸟鱼虫、人物戏文、山水花卉的图案，那才叫精美。尤其是门窗格扇的雕凿，其雕刻之精致传神、纹饰之练达考究，让人叹为观止。它们分别是"过家大院"、"高平旧第"、"秀挹颖川"、"延陵世家"，其中"高平旧第"独处一隅，坐北朝南，牌楼异常古朴，别具一格，大门外空地上长满杂草闲花，美丽中透着荒凉。其他三座都坐西朝东，一字横排，出门便是一条古麻石板路，路宽且长，前面濒临一口大湖，据说那湖是古代抚州东湖的一部分，原本与万寿宫前的那口湖连为一体。它们不愧为汝东园最具代表的古民居。

从河东湾的白塔古庙向东行，是前进路，街道两侧不时可见占地宽广、气宇不凡的明清老屋。有意思的是，在中洲堤下的一栋门坊雕刻异常精美的老屋内，竟栽有一棵高大的椿树，该有近百年树龄吧。像这种长在屋内的大树，在现代建筑群落里实属罕见。它仿佛成为老屋时来运转、生生不息的象征。

这些旧宅大都经历过数百年的风雨，居住过若干代人。如今，这些老屋大都破旧不堪、岌岌可危，但仍掩不住那种没落的贵族气质。它们依旧飞檐飘角，高墙肃立。它们依旧岿然屹立，支撑着昔日的荣耀，保持着不屈的尊严。它们依旧安静从容，坦然接受时光的洗礼，不怕被人冷落，被人淡忘。

还有一种老屋便是临街的双层木板房。它们并不太老旧，顶多建于新中国成立前，甚至新中国成立后。如今看上去，那木板又黑又旧，似行将朽烂，挺让人担心的。其实，它们很是牢固，特别有韧性，即便遭到摇撼，看似倾斜，哪怕快散架，也多半有惊无险。它们多建于沿街，做店铺，一家挨着一家，连绵不绝，可见昔日商贸之繁华了。

在太平街、直街、横街、郭家湾、河东湾、东乡仓等老街，仍保留着大量的木板房。它们出门便是街，街旁栽得最多的是枫杨树。枫杨树易成活，易成材，长得快，长得高大。夏日，它们枝繁叶茂，浓荫覆地，树上鸟鸣蝉噪，好不热闹。它们一度成为抚州城里最常见的行道树。就在文昌桥东直街边的几棵苍老的枫杨树下，你经常会看到几个剃头挑子，那年迈的理发师傅衣着朴素，不苟言笑，但其刀功了得，刮剃胡须的技艺可谓炉火纯青，后无来者了。而在靠近木板房的一些枫杨树的树枝上，则常会晾挂着报废的旧轮胎和一串串金银元宝，这该是城外一道特殊的风景吧。

四

城外的老屋里，最常见的是老人，而年轻人不多见，似乎缺少一种生气。也许是年轻人建了新居，或者买了商品房，陆续迁出老屋，而老人却不肯搬离故居，才成了老屋最后的守望者吧。

住在老屋里，虽有安全隐患，采光和通风也不好，但生活成本较低。比如用水，这里几乎每栋老屋里都有一到数口压水井，洗衣洗菜洗澡大可不用自来水。

一座几栋直进的老屋里，往往住着多户人家，犹如一个超级家庭，人口多而不杂乱。他们朝夕相处，礼让谦和，相互照应，彼此间更是披肝沥胆，无话不谈，几乎没有任何秘密和隐私。就是吃饭，他们也不闲着，端端碗，走东串西，或蹲在天井旁，或聚在深巷口，谈天说地，热闹非凡。如此和谐的邻里关系，正好完美地诠释了"秀揖颍川"老屋内一块门额石匾"义里重光"的含义，这在社区商品房里几近绝版，太让人留恋和怀念了。

他们住在简陋甚至不无风险的老屋里，却拥有超然的心态和不俗的情趣。他们普遍喜欢种菜养花。在老屋天井里，在大门两侧的空地上，在河堤边、荒地里，总有人见缝插针地开辟出几格菜地，栽有白菜、空心菜、大蒜、辣椒、豆角、丝瓜、苦瓜、南瓜等蔬菜。他们基本上可以自给自足，不用上街买青菜了。

穿过城外的老街老巷，你会不时发现在老屋的门外石阶旁或者院墙上，摆放着不少花草盆景，有鸡冠花，有凤仙花，有牵牛花，有石榴花，还有诸多叫不出名字的花，千姿百态，姹紫嫣红，煞是好看。印象最深的是，在刘家井一带的老屋或平房的院子内，多栽有枇杷、栀子花、月季花、菊花等，还搭有葡萄架，甚至有人还将盆景摆在院墙上和矮房的屋瓦上。在竹椅街，有人索性将月季花、鸡冠花、石榴树等栽在房门两边，让人赏心悦目，流连忘返。而夏秋时节，一些老汉竟叉条短裤，光着膀子，大大咧咧地出入门庭，去给花木浇水，或者剪枝，很随意，也很洒脱。他们才不理会路人的眼光呢。

城外老人除了爱好种菜养花，还喜欢拉二胡。你路过官沟上、榔树下、河东湾一带的街巷，常能听到不知从哪栋老屋里传来的悠扬动听的二胡声，仿佛在向人们娓娓诉说着久远的往事。

城外老人还时兴下象棋。在郭家湾、河东湾等一些临街的老枫杨树下，经常可以看到一大堆老汉围在一起下象棋，那棋子敲打棋盘的声音，棋手和观棋者互不相让的争执声，老远便能听到。最难忘的是，一日晌午，就在玉隆万寿宫外的一栋破败老屋的院子里,我看见两个老汉打着赤膊,摇着蒲扇,坐在一棵老树的绿荫里下着象棋,而离他们不远的墙根下的草丛里有只黄鼠狼正倏地溜走了。他们竟浑然不觉。他们这种从容淡泊、与世无争的处世态度,让我疑心其不是世间凡人,而是山间隐者、化外高士。

就这样,城外人过着简单而真实的日子,从不因为外人的目光和议论,而刻意掩饰什么,或者试图改变什么。从容自若,静观天上云卷云舒;宠辱不惊,笑看庭前花开花落。是的,他们过着并不富有的生活,却拥有贵族的那份闲适、淡定与悠然。

五

行走在城外,我仿佛进入到一个尘封的世界。我仿佛回到几十年前,甚至百年前的岁月里。我仿佛成了一部黑白电影里的一个镜头里的一个孤独而好奇的过客。我觉得眼前很黯淡,很模糊,很朦胧。我看不清这片迷蒙与苍凉中到底有些什么。我感觉这里的生活节奏很慢,很适合我回忆和咀嚼往事。我的心静下来。我的神经松弛下来。我的表情真实起来。我的动作随意起来。我的身影就这样定格在一片灰黑色的背景里。

行走在城外,我像一个流浪的孩子,终于回到了故乡。

行走在城外,我的眼里噙满泪花,只为那一段段暗淡的辉煌岁月,或者那一个个谢幕的华丽背影。

遥远的油榨窠

油榨窠，那是一个原始、神秘、偏远而美丽的小山村，一个让我时常思念的好地方。

油榨窠是资溪马头山原始森林最深处的一个小村子，天清云闲，山幽水净。村外是一望无边、莽莽苍苍的原始森林。小村安静地躺在大山的怀抱里，就像一顶巨大的荷叶上的一颗小露珠。6年前，我来过这里。今年秋深，我再次光临了小村。

小村最美的是山。开门，便见山，层峦叠嶂，连绵不绝。山上，自下而上，满是葱葱郁郁的原始森林，有野生荔枝树、松树、樟树、杉树、栲树、荷树、枫树、苦槠树等，有大片的芦苇和毛竹，还有野生猕猴桃藤、肭（谐音）果藤、野葡萄藤、野葛藤、紫藤、薜荔藤、爬山虎藤等到处攀枝缠树，恣意张扬着生命的激情和野性。看，那一个个密集的山头，满目生机，却又异常寂静。它们多像一匹匹遭人驱赶的野马，逃到这里驻足，集结，聚会。瞧，它们在奋蹄扬鬃呢。听，它们在引颈嘶鸣呢。

小村有三条出路。一条小径通往后山密林深处，为原始森林的无人区，人迹罕至。外人来马头山旅游，到油榨窠，便不再深入。听说里面林深树密，易迷路，出不来。一旦误入后，你很可能会遇见野猪、猕猴、黑熊、毒蛇等，不出事算你幸运。另一条较宽的山道，逆昌坪河而上，通往昌坪大队，那里有几个世外桃源般闭塞的自然村，就像旧时山寨古堡遗址，倒挺适合隐居修行，或者访古探幽。我和几个文友曾沿此山道深入林区。沿途，我们看到不少从未见过的植物，不时停下来仔细辨认。在路边，我有幸看到野生猕猴桃。它们的藤蔓牵缠在一棵矮树上，藤叶间结满胡颓子（乡下俗称"清明子"）样大小的青绿果子，又细又长，果皮上覆有褐色绒毛。那果子真多，像挂钥匙一样，密密麻麻，难怪都长不大，若不是朋友指点，我肯定猜不到那就是猕猴桃。我摘了几个品尝，果真有猕猴桃的酸涩味儿。此外，我还见到几棵树上攀缠着一种罕见的藤蔓，藤叶间垂吊着十多个拳头大的肬果，青中泛黄，听当地老汉说，果子成熟后会变成金黄，吃起来好甜。我们扯藤，摇树，攀枝，投石，但就是弄不下果子。我发现路边堆有新砍的毛竹，便抱起一根毛竹敲打果子。无奈毛竹太笨重，果子和藤也连得太紧，我费尽气力也无济于事，只好望树兴叹。一路上，我们见到不知名的野果真是太多了，但大都可望不可摘。还好，我们总算在一处崖壁下看到不少绞股蓝，便采了一大把留作纪念。

还有一条出村的大路，从村口顺昌坪河而下，通往马头山镇，连接山外世界。我们便是从这条路进村的。村口古木参天，尤其是那三棵红豆杉，犹如高擎的巨伞，成为镇村之宝，是小村的显赫标志。有两棵红豆杉，寿龄都在千年以上，那棵小红豆杉也该有近百年的树龄吧。可惜的是，前几年一棵千年红豆杉遭人盗伐，造成无法弥补的损失，尽管"黑手"被抓，判了刑。我站在那棵幸存的千年红豆杉下，仰望着巨大的树冠，一种敬畏之情油然而生。此外，路边的几棵苦槠树也大得吓人，两个人手牵手也难以合抱，有上千年的树龄吧。我见过这么大的老樟树，但未见过这么大的苦槠树。从村口大路前行，只见群山如浪，满目苍翠，满山满岭的原始森林，绿得幽，绿得野，绿得闲。路边不时可见茫茫竹海，一竿竿修竹在风中摇绿滴翠。如果幸运，你还会看到路旁长有几棵野生荔枝树，笔直笔直的，枝上挂满金黄色的荔枝，同超市买的红荔枝完全两样。还有那大片的野生芦苇，抽穗扬花，如霜似雪，如白浪翻涌，又似月光朗照，让人产生种种美丽的幻觉。它们韵味深厚，诗意淋漓，野趣十足。它们在静默中爆发，在自由中放纵，在冷落中逍遥。它们仿佛生长在红尘之外，在光阴之外，生长成一片苍茫而美丽的旷世风景。

小村的水也让人眷恋。清泉出幽谷，白云补缺山。昌坪河从村前山崖下缓缓流过，水面渐宽，在村下游不远处还形成了一个神奇的"月亮湾"。那河水纤尘不染，蓝中透碧，清澈见底。我从未见过这么澄清的水，原生态的水应该就是这样子吧。我站在小河畔痴望着，发现水底竟然没什么泥沙，几乎全是光洁如玉的鹅卵石。我忍不住光着脚丫，下水去摸，不料那水看上去浅，其实很深，竟漫过大腿。当然，因逢秋季枯水期，河水不算太深，有些河段还断流了，大片的河床裸露着，上面躺满大大小小的石头，晒着太阳。它们大者如斗，小者如卵，光洁滑腻，圆润丰腴。它们或立或坐，或仰或卧，千姿百态。这里真适合青年男女露营野炊，谈情说爱。若逢中秋月明之夜，约亲朋好友围坐于石滩上，一边喝茶品果，一边聊天赏月，也蛮浪漫风雅的。

置身于青山碧水间，可油榨窠似乎并不富裕，甚至闭塞落后。那村子很小，像山寨，就数十间房舍，人不满百。其中，有几栋平房大院深锁，房前柚树上挂满又大又黄的柚子，没人摘。主人也许出外打工了，或者在城里安了新家，谁会理会柚子呢。有意思的是，在小村通往后山的路边，有一间破旧的小平房，大门洞开，里面还堆放着古老的石臼、石磨、石碾，还有禾斛、风车等。这些老旧的什物，在山外已难觅踪影，早没人用。

我在小村里漫步，总算见到一位大娘。她正在厨房外洗菜。她的房子有点旧，但还算干净整洁。门前小院里种了几格青菜，还养了许多鸡冠花，那花热烈似火，寂寞中透着几许浪漫情趣。她的厨房旁砌有一个长方形的蓄水池，上面架有又长又圆的竹筒，筒子里的水源源不断地注入池子里，溅出清脆的响声。大娘见我好奇，笑着说，村里每家都用竹筒引承山泉水饮用，那水甘甜，比城里卖的矿泉水好。我尝了几口，果然不赖。

不久，我又看到一个老汉担柴归来。他头上冒汗，满脸风尘，不无羡慕地瞅着城里来的游客。我不知道他心里怎么想的。也许，他很向往城里人的"文明生活"吧。是的，人们都容易漠视身边的风景，老盯着眼前的困难和不足，一味向往远方。也许，只有从远方漂泊归来，人们才会真正认识和珍惜曾经的家园。而随着马头山旅游开发的深入，我相信油榨窠一定会红火起来，成为深山里一颗璀璨的明珠。我真希望村民们能一往情深地守望故土，保护好这里的珍稀野生动植物宝库，永远热恋这片原生态的诗意家园。

长满红豆杉的小山村

4月15日上午9点，我和几位文友从抚州出发，前往宜黄县黄陂镇际上村看国家一级保护树种古红豆杉群落。

10点来钟，我们到达宜黄县城，紧接着便赶赴黄陂镇。从县城到镇上的水泥路虽不宽，但路面平整，沿途风景如画。先是宜黄河一路相伴而行，然后经过明代抗倭名将谭纶的墓园，再前行有一岔路，通往石巩寺。到了黄陂镇，本想看看当年红军反围剿黄陂大捷的战场，但时间仓促，只得放弃。从镇上到际上村是条黄泥路，狭窄崎岖，泥泞难行。途中有个小村霍上村，真想不到这里就是著有《太平寰宇记》的南唐大地理学家乐史的故里，让人小觑不得。

12点左右，我们来到际上村外，下车步行，只见小村后群山逶迤，一山高出一山，大有藏龙卧虎的恢宏气度。还未进村，我们就看到村前侧的矮山上古木苍苍，一个文友忽然高呼道：红豆杉！果然，几棵形如水杉又似松树的古树鹤立鸡群般肃立着，一派僧容佛貌，宝相庄严，确实气宇非凡。

来到村里，发现村子很小，40来户人家，不满200人。全村才十几栋房子，大都是木板房，四周没有墙脚地基，也没有砌砖的围墙，只几根大木柱支撑着，好像风一吹就会散架似的，挺吓人，不过倒颇有几分山寨的遗风。几个老人小孩静默地站在家门前的台阶上，好奇地打量着我们。很显然，村庄太偏僻闭塞了，很少有外人进村。看他们脸上的表情，显得憨厚而木讷，似乎不敢相信我们的到来。看着世代生活在这大山里的朴实厚道的村民，我感到心里酸酸的。我不知道村民的祖先为何选这么偏僻的地方建村。是为了逃离战乱，是为了躲避租税，是相中了这里的风水，是犯了事不敢露面，还是他们在流浪迁徙途中实在走不动，只好随遇而安，在此扎根落户？我感觉到每个村民似乎都隐藏着许多不为人知的秘密。村民得知我们来看红豆杉后，有几个汉子不冷不热地朝前带路。

来到后龙山上，只见林深树密，古木森森，有爬满巨藤的参天古枫，有芳香馥郁的老樟树，有被雷电劈去半边树身的老苦栗树，还有诸多说不上名儿的杂木。当然，最抢眼的便是红豆杉。不怕人家笑话，我曾把唐代诗人王维《相思》一诗中的"红豆"同红豆杉的红色果实混为一谈。"红豆生南国，春来发几枝，愿君多采撷，此物最相思。"殊不知诗中的"红豆"是一种木本蔓生植物，产于岭南，树高丈余，秋季开花，结实鲜红浑圆，晶莹如珊瑚，当地人多以之镶嵌饰物。相传古代有一女子，因丈夫死于边疆，遂哭倒树下，伤心而死，化为红豆，故又称相思子。尽管红豆杉的果实同王维诗中的"红豆"有几分相似，但毕竟不是同一物。

还是谈眼前的红豆杉吧。可以这样说，这里是全国极为罕见的古红豆杉群落，单是后山一带就有四十多棵，大都有数百年的树龄，比宜黄中港乡桃华寺外的红豆杉群更苍老，也更集中。它们形态各异，各显风姿。有的树冠奇大，遮天蔽日，犹如古代帝王的巨大华盖；有的半遮半掩，半收半敛，好似一把未完全撑开的大伞；有的独立一隅，枝叶几乎全朝同一个方向伸展，仿佛伸出大手迎接游人的到来；有的树身上长满青苔，缠着巨蟒般的老藤，异样苍古，就像五花大绑后的铮铮硬汉，仍昂首挺胸，大气凛然，威武不屈。老树下不时可见一些喜荫的鱼腥草和小红豆杉苗。我们在林间尽情欣赏着红豆杉的风采，想选一棵最老的红豆杉合影。但说来也怪，站在这棵树下觉得那棵树大，站在那棵树下觉得这棵树大。还是一位村民有眼力，把我们径直带到最老的红豆杉下，说此树有九百多年的寿龄，比我在资溪马头山原始森林油榨窠小村看到的那棵350年的红豆杉老得多。我和两位文友手牵手才将树身合抱，同老树合影留念。不过，村民不无遗憾地说我们来得不是时候，眼下红豆杉枝叶间的小花凋谢了，早些日子来便能看到；晚些日子来，最好是秋季，还能看到树上结满果实，红中透亮，晶莹剔透，形如红豆，但比红豆更大，约有食指头大小。更难得的是，红豆杉果实可食用，味道甘甜，且药用价值极高，可提炼出紫杉醇，为治癌良药，据传比黄金还贵。每年都有外人来收购，但村民舍不得卖，而是用来培育更多的红豆杉苗。

走下后龙山，回到村里时，村民大都在吃午饭。他们仍然站在门口台阶上看着我们，脸上的表情是那么平静，甚至有点呆滞。显然，他们不善于同外人打交道，但我们深信他们的心灵是纯洁和善良的，感情是细腻而丰富的，只是沉寂的深山和山上静默的古树造就了他们封闭内向的性格。他们就像后龙山上在孤独寂寞中生长了千百年却至今尚未挂牌保护的红豆杉一样，静静地守望着，默默地等待着，创造着罕为人知的生命奇迹，终有一天人们会发现和认识其存在价值的。我想，有很多人间的奇迹往往被埋没在民间，等待有缘人去寻找和发现，像际上村这种长满红豆杉等珍稀树种的小山村肯定还能相继发现。是的，深山无语，古树无言，让我们常来看看这深山里的红豆杉，看看红豆杉忠实的守护神——际上村的村民吧！

穿上铠甲的家园

汽车行驶在闽西南的永定县的盘山公路上，但见青山逶迤，峰峦叠嶂，山坳里，坡地上，千姿百态的客家土楼星罗棋布，尤以方形、圆形土楼居多，有的像从地下突然冒出的巨大蘑菇，有的如从天上落到地面的黑色飞碟，有的似传说中的神秘的东方城堡，分外雄伟壮观。据不完全统计，永定现有两万多座土楼，是福建省土楼数量最多且最具代表性的一个县。

我们驱车径直来到永定县湖坑镇洪坑村。只见清澈的洪川溪穿村而过，村头大桥、月娥桥等大小五座桥连接着整个村庄。村子很大，有两千多人，多姓林，村里现有方圆土楼四十多座，其中振成楼、奎聚楼、福裕楼等为国家重点保护文物，被列入《世界文化遗产名录》。

　　洪坑土楼群给我的第一印象就是规模宏大、气势磅礴。振成楼，是圆形土楼的代表，被誉为"土楼王子"，它的建筑模型与北京天坛作为中国南北圆形建筑的代表参加了1995年美国洛杉矶世界建筑展览会，引起了轰动。它始建于1912年，为北洋政府参议员林鸿超所建，历时5年，耗资8万光洋。它由内环楼和外环楼组成，占地5000平方米。外环四层高16米，有184个房间，内环两层，有32个房间，外环按八卦分成八大单元，每单元设有一部楼梯，从一层通向四层。每单元之间筑青砖隔火墙分开，仅有拱门相通，关门便自成院落，开门则全楼贯通，连成整体。土楼里还挖有阴阳二井，供居民饮用。土楼内可供几百人聚居，他们生活上相互照应，形成一种强大的合力。土楼的土墙厚达1、5米以上，开有东、西、南三大门，门后插有巨大的门闩，关起门来楼内固若金汤。奎聚楼，是方形土楼的代表，占地6000平方米，如宫殿般巍峨壮观。这样庞大坚固如航母般的建筑，在古代乡村实属罕见。

　　更为可贵的是，这些土楼锋芒内敛而不张扬，它们外土内洋，外拙内巧，有着深厚的文化内涵。单看土楼的名字，就很有个性和深意。每一座土楼都有自己的名字，多出自族谱里的祖训。如振成楼大门两边的石刻楹联"振纲立纪，成德达材"，还有楼内的一副对联"振乃家声好就孝悌一边做去，成些事业端以勤俭二字得来"，就巧妙地注释了楼名的含义，又表明了楼内居民的人生观和行为准则。又如奎聚楼的门联"奎星朗照文明盛，聚族于斯气象新"，祖堂门柱上的对联"干国家事，读圣贤书"，无不是对楼名含义的最好注释。即便是村里最小的土楼"如升楼"，它的取名也煞费苦心，一是指楼太小，就像客家人用竹筒做成的量米的"米升"，二是表达了楼内居民美好的愿望——"如日东升，光明万年"。土楼的文化内涵还能从那随处可见的雕梁画栋、题诗题画、楹联彩绘等明显体现出来。可以说，一座土楼就是一座精美的艺术殿堂。

　　徜徉于村里的土楼群中，我的想象力受到巨大的考验。有一个问题，始终在我的脑海中挥之不去。客家人为什么要不惜巨资建土楼呢？学术界有一个流行的说法，说客家人的祖先为了躲避战乱和饥荒，从中原地区迁徙至此，饱受漂泊流浪之苦，渴望过上安定宁静的生活，"唯恨所居之不远，所藏之不密"，为防止野兽的袭击、盗匪的骚扰和土著的进攻，便聚族而居，建起了庞大的土楼。这种"防御说"，应该说有一定道理。我们会理解一群受过伤害的灵魂，他们更容易走向内敛和沉默，给身体穿上一层厚厚的铠甲。事实上，永定县地处闽粤边陲，历史上一直动荡不安，明成化十四年从上杭县分出置县，取名"永定"，意为"永远安定"。而从土楼的外形看，也明显像防御外敌的山村城堡。当然，客家人建土楼，这跟地处山地丘陵，大块土地匮乏也有关系。客家人为了节省土地和建筑材料，又能让一个家族聚居在一起，互相照应，因此建造土楼。

不过，我认为客家人建土楼，应该还有一个更深层更隐秘的原因，那就是他们对中原故土的怀念，对中原传统文化的认同。他们通过建土楼，来增强凝聚力，将族人紧密团结在一起，继续维系中原的儒家文化和道家文化，而不至于在异乡的土地上风流云散。土楼表现出来的向心性、匀称性和前低后高的特点，以及血缘性聚族而居的特征，正是儒家文化和道家文化的缩影。客家人是值得尊重的，他们有远见，无论流落何方，都始终坚守自己的传统文化，薪火相传，不为他乡文明所异化。他们真正认识到传统文化的伟大力量，只要自己的文化还在，那么复兴的希望就还在。

站在洪坑土楼群中，我的心灵受到空前的震撼。在我眼里，每一座土楼，都是一部壮丽的史诗，是客家人追求幸福生活留下的坚实脚印，是留给世界的独一无二的巍巍纪念碑。每一座土楼，都值得我默然肃立，翘首仰望。每一座土楼，都值得我反复琢磨，长久品味。透过土楼朴素的外壳，我看到了一个高贵而阳刚的民族在苦难中不离不弃、携手前行的身影；穿过土楼厚厚的铠甲，我读懂了一个勤劳朴实而沉默内向的民族的内心深处那无比丰富而美好的世界。站在土楼里，我感觉到自己俨然就是一个客家人，从遥远的故土迁徙到这陌生的地方，心中有些许欣慰，也有几分惆怅。站在土楼里，我的眼中噙满了泪水。

流 坑 随 记

　　流坑也许更适合城里人去看，而不太适合乡下人去看。乡下人看流坑，似曾相识，仿佛自己的童年就是在这里长大的，又似乎还在梦中多次来过这里。乡下人到流坑，就像时光倒转，回到了童年时代，回到了久别的故园，在备感熟悉和亲切之余，往往找不到多少新奇的看点。而城里人，倒真应该去流坑走走看看。

　　流坑是中国很难一遇的古村，人称"千古一村"。流坑的亮点又在哪里呢？深厚的历史文化底蕴无疑是流坑最大的亮点。

　　流坑村始建于五代，村里有董氏、何氏、曾氏三姓，是以董姓为主聚族而居的村落，已有一千余年的历史了。至今村中有八百余户，四千多人。全村现有朱熹题名的状元楼、陌兰洲大宗祠等古代建筑二百七十处，其中牌坊楼阁二十六座，祠堂五十多座，另有木匾一百七十副，墙匾二百多副，楹联一百多幅，木雕、砖雕、石雕、壁画、彩绘等艺术品，随处可见，是古代农村文明的萃荟之地。同婺源清一色的白墙黑瓦飞檐、戗角的徽派建筑相比，流坑的老屋显得更朴实，更内敛，不太引人注目，拍摄时不是很上镜头。但单个来比，可以这么说，婺源没有一个古村能与流坑相提并论。

　　走在流坑村里，出入于幽深曲折、恍如迷宫的大小巷道里，踏着满地古老、厚实、整齐、洁净的石板条，你会觉得时间很慢很慢，生活轻松悠闲，日子很长很长。看到那一副副楹联，那门匾上名人的题字，你会情不自禁地欣赏，甚至产生拓印下来临摹的冲动。不错，古人的字比现代的不少书法家的还经看呢！这里的墨宝真迹，触目皆是，是人们学习书法的好地方。看到那一件件木雕、砖雕、石雕、壁画、彩绘等艺术品，你会惊叹不已，甚至萌发研究古代民俗文化的念头。不错，若要研究古代民俗文化到流坑来不会让你失望。

走在村里，你不时可以看到门额堂匾上写有"XX第"、"XX书屋"、"XX精舍"、"XX堂"之类字样的老屋。流坑人对教育的重视程度，确实令人震惊和感动。千百年来，流坑一直坚持教育兴村的理念，促成子弟走读书—科举—仕宦之路，涌现出众多文人雅士、名臣乡贤。流坑村中，曾经大小书院林立，如面山书院、文馆（又名桂山严祠或江都书院）、心斋书院、子男书院等，而文馆则是其中一座遗存至今的具有代表性的实物，也是流坑昔日教育兴盛的历史见证。流坑子弟为取功名，发愤苦学的精神也格外令人感动。有一个极端的例子，清代流坑人董光乾考到99岁，同治帝念其年迈志坚，恩赐进士出身。这在世界上也是个异类。流坑的教育之盛，仕宦之众，在江西的千村万落中，堪称独步，像一门五桂，七子联举的佳话便出自这里。据统计，自宋至清，流坑董氏一族共有27人登进士第，全村有三十多个进士，是有名的进士村。其中，董敦逸官至御史大夫，董德元官至参知政事。

走在流坑村里，你更会陶醉于其浓厚的文化学术氛围之中。清乾隆年间，村中建有藏书楼，收藏历代皇帝御赐书及各大书坊刻印图书共一万多册，供村中学子前来查阅。村人不仅在科举仕宦方面出人头地，还在学术研究方面著书立说，在医术方面救死扶伤，扬名立世。如董琰有《子庄集》，董时望有《雪峰集》，董燧有《蓉山集》、《圆通问答》、《五经问答》等，医学著作有董忠修的《安怀全集》，董起潜、董学文等均是名医，董君和、董祖奇还是太医院御医。据统计，明代流坑、招携董姓16人，共著述38种，加上两宋、元、清著述当更多。一个村庄拥有如此巨大的学术财富，不能不说是个旷世奇迹，让人肃然起敬。

除了深厚的历史文化底蕴外，流坑还有一个闪光的亮点，那就是千百年来村民对生态自然环境的长期自觉保护。流坑村内有一口大湖（人称龙湖），村外有乌江（又称恩江），流水清清，绕村而过。古村依山傍水，环境清幽，村头村尾，村里村外，古木成群，绿树成荫，最常见的是樟树。刚进村口就能看到数十棵大香樟，高耸云天，气象非凡。它们就像古村的旗帜，又像古村的名片。站在村口,放眼望去,只见村北乌江畔的白马洲上有一大片遮天蔽日、郁郁葱葱的古樟林,从牛田镇乌江上游的银口一直延伸到下游峡圳,绵延数十里,约有一千一百亩,其中平均围径最大、观赏价值最高的为水南洲村一片约近二百六十亩的樟树林,树龄多在两百至八百年之间。牛田镇现有香樟一万多棵,八百年以上的有一千四百多棵,树龄最长的超过一千年,几个人手拉手也难合抱。流坑村一带古樟群数量之多,分布之集中,实乃旷世罕见。它们历经了千百年的风雨岁月,依然苍翠如故。它们忍受了多少寂寞,躲过了多少劫难。它们的存在,本身就是一种奇迹,是今人活生生的环保教材。在我看来,它们才最有说服力,甚至比流坑村里的古建筑更有生气,更有灵性,更让人敬畏。

在流坑一带的古树中,最有传奇色彩的莫过于那棵400多岁的老桂花树了。它生长在被人称为流坑清华园的文馆的耳门右侧的一个小花院里,其躯干早已被白蚁蛀空,树冠与主干几乎快要断裂,仅靠一边树皮相连,一度枯死。然而前几年文馆修新后,它竟意外地复活,还绽出新枝,长出深绿的叶片。那巨大而沉重的树冠已被新砌的墙柱和数根竹竿支撑着,看上去,那支撑起的不像是树冠的重量,倒像是古村人不灭的希望和信念。是的,生命不朽的奇迹莫过于此。这是冥冥之中的天意安排,还是一种偶然的巧合?这让我想起了婺源李坑村的李知诚(南宋武状元)故居宅院里一棵八百多岁的半边紫薇树,开满繁花,古艳动人,被誉为"江南一绝"。同李坑的半边紫薇树一样,流坑的枯桂绽新枝,无疑是千年古村文脉不断的象征,是生机不息的象征,是重将兴旺发达的象征。

青 莲 山 记

说到青莲山，知道的人并不多，但提到临川温泉，却几乎家喻户晓。宋代苏轼云："天下温泉有七，汝水其一也。"

临川温泉地处温泉镇温泉村西南的青莲山东南麓。青莲山山脉绵延数里，巍然耸翠，云雾之日如隐约沉浮的青翠莲蓬，并因此得名。

青莲山一带的人文景观，自古闻名。此山南边的山系当地人称之铜山，因山顶曾建有峨峰寺，古代又叫峨峰。铜山与青莲山山水相连，我以为，把铜山视为青莲山的南延伸段也似未尝不可。过去，铜山山腰有龙泉观，稍西是东林书院，下有名叫华子岗的小峰。岗上古木参天，树深处藏有一古庙，名华岗庙，祀秦代隐士华子期，他曾在此地隐居。华子岗侧有三条垅，即"麻源三谷"。岗东不远有一坪地，离离荒草中可见旧日墙基瓦砾，当地人称麻源圩，很可能就是麻源村的废墟遗址吧。余秋雨在《废墟》一文中盛赞废墟的颓废、残缺、悲壮之美，但我总觉得其所指"废墟"远不如麻源村遗址这么具体实在，深入草野民间。从麻源村遗址到石门关，松林绵延不断，如一条彩带缠绕山腰，这便是宋诗中描写的"十里长松一幅巾"的"十里长松"的胜景。

麻源三谷，风景奇绝，其红泉碧涧为历代诗人所吟诵。南北朝诗人谢灵运对此吟出"铜陵映碧涧，石磴泻红泉"的千古佳句。宋代，这里曾建有碧涧、红泉两书院。而明代戏剧家汤显祖的诗集《红泉逸草》的书名，说不定也同麻源三谷有关呢。

遗憾的是上述景点至今沉寂湮没于乱石、荒草、莽林之中，要重新开发尚需时日。

说到青莲山，倒应多提提新建的青莲山寺了。青莲山寺无疑是山中一颗耀眼的明珠。山寺建在深谷半山的陡坡上，倚靠悬崖绝壁，后面危岩耸峙，白石垂悬，远看像隆冬积雪，又似空山凝云，成为一片静穆悠远的背景。山寺周围的群峰上，清一色地长着青松，虽不够高大苍古，但格外平整和谐，像修剪过一般。它们摇绿滴翠，连空气似乎也染成绿色了。山风吹来时，那万顷松涛如龙吟虎啸。隆冬季节，观赏松涛雪景，仿佛置身于林海雪原，别有一番韵致。

山寺下临竹园，竹影婆娑，凉意袭人。竹园下仍是斜坡，坡上杂草遍地，各种藤蔓牵缠纠结，还开出各色小花，一派原生态景象。再下边便是幽深的山涧，长约数里，涧水一路轰鸣而下，老远便能听到。山涧上多处架有石桥。站在石桥上，只见天蓝、云白、山青、寺静。月夜，一个人站在桥上，举头望月，准能找到"山高月小"的感觉。而那石桥下的山涧里，竟长满了野芋和野荷。那野芋丰茂肥硕，叶大如盘，不少高出人腰，更奇的是有些还开出花儿来一样，就像空心菜、仙人掌、苔藓也会开花一样，野芋开花也很难一见，才稀罕。那野荷，稀稀疏疏，叶小，花也小，但清纯得很，像初生的婴儿，裸着身子，仿佛可以嗅到隐约的乳香。

至今，我已多次来过青莲山，访过青莲山寺。我常想，李白号青莲居士，与青莲山同名，这仅仅是一种巧合吗？不过，像这位诗仙一样，青莲山也有一种清奇脱俗的隐逸气和仙气，这点我每次都感觉得到。也许，青莲山更适合闲野淡泊之人读书和隐居吧。像我这样好静的人，哪怕在山中搭一间小茅屋，"闲坐小窗读周易，不知春去几多时"，也不失为一种清福啊！

顺 水 漂 流

我爱水，爱在水上漂流，顺水漂流，把前程交给冥冥之中的天意，将命运托与神秘莫测的缘分。顺水漂流，信马由缰，放任自我，那种失控后的绝望，绝望后的轻松，轻松板后的自由，自由后的快乐，我喜欢。我以为，漂流，尤其是大峡谷漂流，那简直是身心大解放。我到过南丰县紫霄漂流，我到过武宁县武陵岩漂流，我还想去更多的地方漂流。真是天赐良机，抚州市作协组织作家到资溪采风，我又切身体验大觉山大峡谷漂流。

大觉山漂流，无疑是最惊险、最刺激、也最令我难忘的一次漂流。我不好说它是"天下第一漂"，但在我所体验过的漂流中，还没有一处可以同它媲美。

大觉山漂流至少有三大亮点。其一，落差大。从上游蓄水湖(天湖)到下游拦水坝长3.6公里，涧流时而曲折迂回，漩涡处处，时而急转而下，势不可挡，让人惊心动魄。坐在皮筏里，追涛赶浪，随波逐流，与其说是漂流，倒不如说是滑坡，是跳崖，那惊险就犹如老人爬树攀到枯枝，双脚踏空命悬一线，又仿佛盲人骑着瞎马朝断崖绝壁疾驰而去，不再回头。其二，峡谷深涧中，障碍物遍地开花，触目惊心。涧底全是花岗岩石，没有任何泥少，泥沙早被激流冲刷得一干二净，了无痕迹。那些光洁如玉的大小卵石倒构不成多大威胁，最可怕的是涧水中悄然探出怪模怪样脑袋的看似憨痴的大顽石，左一个，右一个，就像河海上森然突兀的礁石一样，事先埋伏好隐蔽好，以逸待劳，在你不经意间就给你致命一击，一再上演浪遏飞舟的绝技，甚至逼得你人仰筏翻，丢盔弃甲，落荒而逃。其三，涧水至清至纯至冷，水质特好，沿途没有任何污染，两岸风景绝佳。那涧水上别说看不到漂浮的塑料袋和饮料瓶，就连一片落叶也找不到。那水是纯正的山泉水，就像在马头山原始森林自然保护区内的涧水一样,那水不是白色,也不是无色,而是一种晶莹透亮的翡翠绿,或者说是祖母绿,闪耀着碧玉宝石般迷人光泽,那也许就是原生态的水最初的天然本色,而绝非山光树影映染所致。那水质甘甜,饮用起来比城里买的矿泉水更地道,更有水味。更难得的是,深涧两岸崖壁如削,上面长满松林、杨梅林、竹林和开着白花的依依芦苇及许多说不出名儿的花草,真是一路风光展画屏,让你仿佛置身于诗巷画廊之中,而浑然不觉潜在的危险。

　　然而,说到底,大觉山大峡谷漂流最打动我的还远不啻是惊险。说起来也蛮好玩的,与我同漂一只皮筏的是一个年轻美貌的女作家。刚开始,她左躲右闪,小心翼翼,生怕飞浪打湿衣衫,可是三颠四簸后,她就浑身湿透,连眼睛、耳朵都灌水了。她不停地用手在筏舱内舀水,但无济于事。于是她放弃了洁身自好的念头,任由水浪飞吻、戏耍,听天由命。她不时发出惊悸、绝望而又兴奋的尖叫,还时不时放声大笑,很有意思。那是一种受操纵遭摆布的绝望快感,说得庸俗些,那就是一种受虐的快感。其实,人在漂流中,谁又不是一粒任人摆布的棋子呢?理性只能增加失望,与其作无望的坚守与抗争,还不如干脆被摆弄个够。果然,其他皮筏上的女伴也都大喊大叫起来,亢奋得不行。好在那惊险刺激之上的巨大快感,又让人产生再次冒险搏击的冲动,心甘情愿去迎接更大的挑战和劫难,甚至"灭顶之灾",陷入更大更深更无常的轮回中,不能自拔。细想起来,那漂流的过程,岂止是通力协作的过程,又岂止是双双逃难的过程,那更是情感交流、灵魂碰撞、催生"爱情"的过程。我的女伴向来娇弱文静,多愁善感,但在漂流中她表现得出奇的顽强和镇定。她一次次顶住顽石的冲撞,一次次忍受飞浪的扑打,从头到脚浑身湿透,下半身全泡在"水牢"里,却始终不忘提醒我抓牢筏索,稳住身子,注意安全。我们相互提醒,彼此鼓劲,同无数险关擦肩而过。同坐在一只皮筏里,我同一个女子如此亲近,如此默契,心中油然而生一种纯洁而美好的感情,仿佛对方就是你前世今生的恋人,你有责任守护她,庇护她,你是她永远的保护神。

　　顺水漂流,击水而歌。还别说,就像大觉山大峡谷里流淌不息的山涧水一样,在人类历史上,水的确是个好东西。水总让人不可救药地想到爱情。水和爱情似乎有着不解的千古情缘。两千多年前，春秋时期那个名叫范蠡的越国大夫，民间相传他灭吴后功成身退，辞去官职，携着美丽的西施，乘坐一叶扁舟，轻歌短棹，遁隐于烟水茫茫的太湖深处。而在更远的《诗经》的源头，我们则更多地看到"所谓伊人，在水一方"的美丽而略带淡淡的忧伤和惆怅的原生态爱情版本。即使在今天的电影《泰坦尼克号》中那段惊世骇俗的现代版爱情绝唱，也是在水上完成的。

不错，古人谈到缘分时，常说"十年修得同船渡，百年修得共枕眠。"我真佩服古人准确乃至精确的感情体验。试想，一男一女，年岁相仿，心灵相通，同坐一只小船，在动荡的水域上漂流，漂流，仿佛永无尽头，还有什么比这更能催生爱情的幻觉呢！

顺水漂流，击水而歌。在我看来，一次惊险漂流的开始，多像一段经典爱情的上演；一段诗意漂流的结束，又多像一个传奇生命的重生。人生苦短，岁月无多。且不说某位伟人曾教导我们，"自信人生二百年，会当击水三千里。"对于我们凡人而言，追求快乐，享受幸福，原本就是人生的乐趣所在。不要犹豫，带着你的家人，带着你的朋友，带着你的亲密爱人，来大觉山漂流，顺水漂流，击水而歌！

紫薇花盛开的老屋

我的老家是一个偏僻闭塞的小山村。

二十多年前，全村的男女老少都蜗居在一座三栋直进的老宅里。老屋建于清朝，面积很大，有上中下三个厅堂，中间有两个大天井，厢房数十间。那时老屋里的小孩也特别多，整日嬉戏追打，热闹至极。尤其是在夏日，老屋通风，特别凉爽，而且蚊虫少，有人躺在竹床上纳凉，到后半夜才回房间休息。每年腊月和正月，老屋可热闹了，大伙围着几张八仙桌打牌，围观的人更是里三层外三层，那场面很容易让人想起氏族公社里的生活情景。除夕之夜，老屋的中间厅堂里堆满从后山砍来的老树，用来烧岁火。岁火燃起，乐坏了小孩，他们奔前跑后，围坐在岁火周围守岁。岁火一般烧到元宵，岁火熄灭后，拜年的人也少了，小孩们纷纷前去上学，每天放学后老屋才又逐渐热闹起来。

就在老屋里，我度过了清贫而难忘的童年时光。在老屋的西北角落有一间六平方米大小的房间，里面铺有两张木板床，一张是父母睡的，一张是我和弟弟睡的。房间的光线昏暗，白天进去也得点上煤油灯。房间朝北开有一扇采光的小窗，呈长方形，小得难以想象，还不及半扇芭蕉叶大。窗外便是后山的崖壁，崖壁上长出几丛芦苇，不时有小鸟栖在苇叶上，朝房内窥望，还唧唧喳喳地叫着，好像在找人说话呢。晚上睡觉时，我和弟弟最害怕，因为父母常常半夜起床，挑着劈柴到十几里外的三桥小镇去卖。每当我和弟弟睡醒后，发现父母不见，不是吓得把头钻进被窝里，就是哇哇大哭。这时住在隔壁的邻居大娘便会敲着墙板说："别怕，我住在你隔壁！"有时弟弟还是哭闹不休，大娘便把我们抱到她房里睡。

分田到户后，村民渐渐富裕，不少人在老屋周围盖起新房，陆续迁出老屋，老屋慢慢冷清了。屈指算来，我在老屋里住了十多年。尽管各家之间常因些鸡毛蒜皮的事发生口角，但他们抬头不见低头见，大都非常友善、宽容乃至大度，相互关照，彼此帮助，碰到东家盖房西家烧窑，不用多说谁家都会派人义务帮工。那种感人的场面，我至今仍记忆犹新。我永远忘不了那段特殊岁月那个特殊环境里人与人之间的友爱和温情。

再后来，村里那些曾在老屋里追打嬉闹的儿童也都慢慢长大，有的学石匠外出打工了，有的在外求学或参加工作，很少回来。老屋更寂寞了。

大约十年前，最后一家住户也搬出了老屋，住进新房。老屋逐渐沦为堆放犁耙、禾斛和柴草之地，有的村民还在里面养牲畜。无人居住的老屋败得很快，有的厢房的屋瓦也掀了，有的厅堂上的楼板也拆了，只留下几根孤独的横梁，就连燕子也不来筑窝了。前几年，老屋的几处外墙也塌了，从里面长出了野草和杂木。

今年暑期，我回到老家，再次走进那栋童年时村民聚居的老屋，只见里面杂草丛生，一些灌木都高出人头了。我简直迈不开步子。老屋快沦为废墟了，尽管村里的新房越盖越多，其中大都是两三层高的楼房。我在老屋外徘徊观望，看到老屋大门前石阶旁的空地上竟然长出一株粗壮的紫薇树，有三四米高，由于紫薇树长得慢，我想它该有十多年的树龄了。树上开满紫红的花朵，成团成簇，如锦如绸，如雪如霞，艳丽至极，仿佛一个戴着红盖头的旧式新娘。不少野蜂还在花间飞来飞去，嗡嗡地闹着，我不知道这株紫薇树何时悄悄生长在老屋前，年年花开花落，既热闹，又冷清。多么美丽的紫薇树啊！它见证了老屋的衰败，也目睹了小村日新月异的变化。

看到这美丽的紫薇树，年年月月守护着败落的老屋，我心里很不是滋味。我想，村民有钱了，富裕了，但集体意识却淡薄了。看，村外的田塍越耕越狭，禁山（风水山）上的老树越砍越少，村里生产队留下的仓库、牛屋早就拆毁，好在出于敬畏心理留下了祖庙和庙前的两棵老松树。是的，村民只忙于营造自己的小家，就连大家共有的祖传的老屋，也不予维修和保护，任其在风雨飘摇中日渐衰败。殊不知，这村中唯一的老屋，可是村民当年聚居的"老区"，也是先祖好不容易留下来的一点基业，为什么不加珍惜呢？再说，村中如果没有这座唯一的老宅，单看清一色的新式楼房，谁还能找到小村的根基，谁还会相信这是一个拥有数百年历史文化底蕴的村庄？保护村中这唯一的老屋，我以为这应该是村民义不容辞的责任。

像我的老家一样，在故乡一带的许多村庄都面临着同样的问题，那就是新房越盖越多，而老屋却越来越少，甚至消失了。这无疑是值得反省的。我真的不希望看到一种建筑的过快消失，不希望看到一段特殊的风雨岁月过早被遗忘，更不希望看到物质文明的发展和社会的进步以割断历史文化传承为代价，以个人主义思想膨胀、集体意识淡忘为代价。

回 乡 偶 记

人在一个地方住久了，往往只看到了其缺点，而看不到其优点。就像乡村人首先想到城市的热闹繁华一样，城里人则想到乡村的空气新鲜、阳光充足、山清水秀、风景优美。

今年暑期，我又从城里回到了乡村老家，就是奔着其优越的自然生态环境去的。这是一个地处偏远的小山村，荒僻闭塞，村前路上几乎找不到过往的行人。我在村里小住了些时日，再次感受到这里自然生态环境的巨大变化。

从20世纪80年代以来，小村的树木首当其冲地遭受到厄运，尤其是古树。先是由于分田到户，田塍上的老树遮挡了农田阳光，于是那田塍上高大的马柏树、柿树、枫树、梨树相继被砍伐；接下来是村民盖新房，全村开了不少窑，便把山上的杨梅、楮树、荷树及低矮的灌木连片砍掉，作为烧制砖瓦的燃料；然后是因为修桥和烧岁火的缘故，后龙山上每年都有一些老树要被砍倒，拖运去架桥，或者烧岁火，其中有几棵年逾百岁的老杜鹃树也难逃此劫；再后来因小村要通电，买不起变压器，村民便把后山上的古松全都砍掉廉价出卖。特别是前几年，某大型木材加工企业派车到山里收购木材，结果导致全村的杉树、松树大面积流失，不少树木正值盛年，也被不分青红皂白砍掉。就这样，以古树群落闻名遐迩的小山村，几乎找不到一株古树了。缺少古树荫庇的小村，似乎少了一种原始的灵气和深厚的意蕴，着实让人痛心。

树木减少后，山上的山鸡、斑鸠鸟、猫头鹰、野兔、狐狸、豪猪等也日渐稀少。

此外，由于村民过分施用化肥农药，再加上用电瓶打鱼，用勾藤药、茶渣饼药鱼，致使田里的泥鳅、港里的甲鱼、池畔的青蛙的数量锐减，越来越少了。

然而，平心而论，近来我也惊异地发现，村里并非所有的生物数量都在减少，相反，不少物种似乎还在悄然增多。

先说植物吧。最扎眼的应是村外沟溪畔的野芋。它们沿着沟溪疯长，叶大如盘，高出人腰，挤挤挨挨，蓬蓬勃勃，丰茂而肥硕，长势比菜园里的蔬菜还好，有些还开出花来，煞是好看。记得以前，村里的老人小孩常提着镰刀去沟溪畔割野芋，成捆地绑回家喂猪。近年来，村里养猪的农户少了，更无人打猪草了，因此野芋繁殖得特快，不少沟溪都被野芋挤占了。此外，山上的映山红、黄栀子、金银花、毛栗也随处可见。

再看动物。小村的鱼少了，虾少了，螺蛳少了，而白鹭、燕子、麻雀的数量似乎还有所增加。

燕子，在家乡一带被视为家鸟，哪怕它们三番五次不听劝阻在房梁上筑巢，弄脏厅堂，也断没有人持竿捅窝。母亲常说燕子一口一口衔泥筑窝太苦了，她实在不忍心毁巢。她还说燕子很乖，有燕子筑窝的人家是好人家。也许是因为燕子的繁殖能力太强了，也许是因为村民的自觉保护，尽管农田喷洒农药太多，村里的老式砖木瓦房也少了，但燕子并不见少。

当然，村里最打眼的小动物当数蜻蜓了。蜻蜓，这种地球上最古老的昆虫之一，它们早在恐龙诞生人类诞生之前就已存在。它们高高低低、忽前忽后地飞着，轻盈，灵巧，飘忽，乍隐乍现，游踪不定，来去自如，看它们飞行真是太容易了，简直不费丝毫力气。我看到过蓝蜻蜓、绿蜻蜓等，但见得最多的是红蜻蜓，不准确地说是橘黄或橘红，它们体型较小，数量多得惊人，阵容庞大，总成群结队地飘飞于村里的禾场上，或集结于刚收割的稻田上空，看上去很悠闲，很诗意，据说它们是在边飞边捕吃小虫子，可惜我从未看个清楚。记得童年时候，我们手持弯成9字形的细竹竿，粘满蛛网，村里村外到处粘捕蜻蜓。如今的儿童早已不玩这种落伍的游戏了。看到蜻蜓，我总会想到蝴蝶，我不明白如今乡村的蝴蝶越来越少了，为何蜻蜓却总不见少？也许蜻蜓毕竟是拥有上亿年历史的小昆虫，其适应环境的能力着实不可小觑吧！说到底，自然界的许多秘密和法则，无不玄奥莫测，也许我们一辈子也弄不明白。

看到家乡不断增多的一些植物和动物，我惊叹大自然那种强大的孕育能力和神奇的修复功能。大自然何其伟大和高明，总是以一种魔法维持着其不息的生机和活力。随着工业时代的昂首迈进，许多有识之士不断呼吁保护野生动植物，保护人类赖以生存的生态环境，这无疑是富有远见的。然而，人们也许忽视了这样一个事实：并非所有的野生动植物都在锐减，甚至濒临灭绝，相反，有些物种的数量还在不断增长，急剧上升，在这个喧闹的星球上顽强地生存着。是的，我们应该感激它们，是它们给我们带来一丝希望和安慰，是它们给我们带来难得的信心和乐观。

梦 湖 四 季

熟悉的地方没有风景，人们常这么说。我以为，这话虽有见地，但未必全对。就拿梦湖来说，她是我再熟悉不过的地方。3年前，自梦湖筑成后，我几乎每天都路过。时至今日，我已记不清到底路过多少回了。然而，梦湖就像一个不老的神话，让我常读常新，百看不厌。真的，梦湖的四季，风景各异，各具魅力。

从春天说起吧。春雨绵绵，梦湖水涨，湖畔的垂柳爆出粒粒新芽，柳丝在和风细雨中轻轻拂动，犹如女子飘柔的秀发，拨人心弦，撩人情思。湖畔草青了，花红了，三五只燕子恍如精灵，轻掠湖面，倏忽飞来，转眼离去。梦湖更显得幽静而空阔，四望烟水茫茫，湖天相接，不见边际。此时的梦湖仿佛刚刚从寒冬的梦里醒来。

春暖花开，来梦湖广场放风筝的人渐渐多了起来。男女老少在草地上奔来跑去，手握线轴，将风筝放上高高的云天，就像放飞一个个美好的心愿。看，它们五颜六色，姿态万千，时高时低，忽上忽下，乍隐乍现，互相攀比着，追逐着，纠缠着，飘飞着，仿佛在争相报告春天的信息。

随着广场上空的风筝的增多，天气渐渐暖和起来。于是来梦湖畔散心的人们越来越多。

夏天悄悄来临了，梦湖畔游人如织。尤其是夜间，湖畔华灯万盏，绵延不绝，恍如银河降落人间，来湖畔歇凉的人们络绎不绝。梦湖广场上，人山人海，有摆摊叫卖的，有穿拖鞋散步的，有跑着放风筝的，有围着放孔明灯的，有端着相机拍照的，广场上成了欢乐的海洋。在游船码头、梦桥、梦岛等处，也到处可见人影。在湖滨，还不时可见持竿夜钓的人。若逢月夜，碧空如洗，月映湖心，波光粼粼，水天一色，那更是充满诗情画意，让人格外留恋。这样的夜晚，特别适合情人幽会，而最浪漫的事莫过于同红粉知己泛舟湖上，临风赏月了。

秋天的梦湖凉意袭人，游人渐稀。你若心情郁闷，不妨独自到湖畔散心。你可以临风而立，也可以蹲坐在草坡上，静观烟波迷茫，潮起潮落，聆听水波拍岸，涛声阵阵。你或许会心境澄明，了悟禅机，洞悉世事，一时间变得分外清醒和超脱。而逢中秋月夜，一个人站在朱家村旧址前的那片古樟林后，看一轮烟月从湖上升起，清辉四溢，水天一色，你会不禁地想起唐代宰相张九龄"海上生明月，天涯共此时"的诗句，对远方的亲人倍添思念之情。

冬天，梦湖畔行人寥寥，却另有一番韵致。我酷爱打霜的早晨，湖畔草坡上结了一层洁白的霜花，耀人眼目。环湖路上，骑车和长跑锻炼的人们仍热情不减。在朝阳的映照下，梦湖水面泛白，蒸腾起一层烟雾，弥漫开来，四处游荡，蔚为壮观。看，梦岛梦亭，恍如仙山琼阁，浮托水上，远处的村庄和山峰云雾缥缈，好似天上人间。

冬天的黄昏，最适合看梦湖日落。那天傍晚，我骑车从梦湖路过，观赏到一次壮丽的日落。我路过梦湖时，夕阳静静悬浮于湖的上方，看上去特别大，圆，红，似乎近在咫尺。她是那么庄重，肃穆。此刻，面对她的徐徐沉落，村庄和城市仿佛顿时黯然失色，万物生灵一时间似乎全都哑然沉默。不久，夕阳离湖更近了，影子倒映在湖水里。湖上的夕阳同湖里的夕阳慢慢靠拢，快合二为一呢。

看，湖面一片通红，灿烂无比，湖水犹如火山里喷出的熔浆一样，仿佛要翻滚沸腾了。就在波光和夕晖交相辉映中，几只游船晃晃悠悠地划过来，是那么闲适，静谧，像渔舟唱晚里的画面，令人神往。

最好是下雪。一个人踏雪而行，游梦湖，过浮桥，上梦岛，登梦亭，独自赏雪。你守着梦岛，站在梦亭这全岛的制高点上，看雪落无声，天花乱坠，落在梦岛上，落在梦桥上，落在梦湖上，落在身后的城市里，也落在远处的乡村里，四顾湖天一色，到处白茫茫，好一个全新的世界，真安静，干净，仿佛换了人间。你还可以设想雪就这样一直落下去，落下去，绵绵无尽，落到地老天荒，你全然忘却世间人事，成为一个自由超脱的世外隐士，定格在一个洁白美丽而又富有诗意禅趣的另类世界里。

长满枫杨树的小城

在抚州生活了多年，我难忘城里的树木。

抚州城里常见的树木有樟树、泡桐、法国梧桐和枫杨树等。樟树四季常青，散发着一种特殊的芳香，能净化空气，不惹蚊虫。它们大多栽于主干街道的两旁，如赣东大道、玉茗大道、临川大道等。春末夏初，城里的泡桐树开花了，一种开白花，在阳光照耀下，如经冬未化的皑皑晴雪，特别醒目，那是再温暖的阳光也不能融化的雪啊；另一种开紫花，也很好看。也许是泡桐树多半长得很高大，那高枝上的花朵又大又多，让人老远便能看到，因而显得极度奢华和铺张，它们很容易形成一种特殊的氛围和盛大的气象。它们不择地而栖，要么生长在深宅大院里，要么生长在高楼的空隙间，要么生长在街道旁，看上去很随意很谦卑的样子。泡桐树俨然是城市春天的旗手，泡桐花开在城市的深处，显得庄严、盛大、壮观而深远,犹如城市的灵魂之花,把春天推向高潮。至于法国梧桐,在抚州的大街小巷里,在机关大院里,也常能看到,它们长得很快,长得高大,尤其是到了秋天,满树黄叶,异常壮观,是城市秋天的显赫标志。

当然,在抚州城里,我印象最深的还是枫杨树。枫杨树,多么富有诗意的名字。它让我想到江苏作家苏童写的"枫杨树故乡"系列小说。我猜想,江苏苏州一带的城市,肯定也生长了许多枫杨树。作家在小说中飞越那枫杨树的故乡时,一定很有诗意吧。

然而,尽管我常常见到枫杨树,甚至很小时就见过,但我却很长时间叫不出它的名字。初见枫杨树,我很难把它同"枫杨树"这个名字联系起来。枫杨树,既不像枫树,又不像杨树。在大街小巷边,在机关大院里,在城郊边缘地带,可以说,在这个城市的许多角落,我常常看到枫杨树。枫杨树长得特快,也长得出奇的高大,显得非常大气、张扬甚至霸道。它的树叶小而长,呈卵形,树干却格外粗壮。我曾在大街旁看到一棵张开两臂也难以环抱的大枫杨,却没想到它的树龄只有40年。几十年的时光,枫杨树就可以从一株幼苗长成一棵沧桑的大树,这着实令人吃惊。

夏天,枫杨树舒枝展叶,绿叶成荫,浓荫覆地,长得特别繁茂,一再挤占着街道的空间,使得街道看上去比往日更显逼窄。炎夏午后,骄阳似火,蝉儿在树叶间歇斯底里地鸣噪,再看城里那随处可见的枫杨树,那树上浓浓的绿意,像烟雾一样,仿佛在无声地扩散、弥漫,整个城市仿佛都浸泡在这种静谧和安宁中。秋天,站在高楼顶上,四处眺望,你可以看到一栋栋房屋的间隙间,长有三两株高大苍老的枫杨树,树叶青中透黄,恍如唐诗宋词里的插图,诗韵十足。

枫杨树还同抚州市民的生活密切相关。它们生长在街道旁,我常常看到这棵树下摆了个西瓜摊,那棵树下摆了个修车摊,这棵树的矮枝上挂了几串清明祭祖用的金银元宝,那棵树的矮枝上呆着几个自行车的废旧轮胎。更有意思的是,有些大枫杨长在人家的屋门前,但谁也不会去砍掉它们。一些人家就利用枫杨树作为天然的柱子,搭起了雨棚。乍看上去,只见树的上半身,仿佛它就生长在雨棚顶上一样。

　　而最让我开眼的是枫杨树的繁殖能力。夏天,我几乎可以从每一棵高大的枫杨树的枝叶间,看到一串串冰柱雪挂似的果实,密密地垂挂着,它们一串上就有几十个果实,每一个果实看上去就像一个小小的绿色元宝,又像长了翅膀的绿色飞虫,很精致,耐看。而这些果实与浓绿的枝叶浑然一色,往往难以分辨。每一棵枫杨树上到底长了多少果实呢?没法数清。我几乎没有见过其他树木拥有枫杨树这么多果实。枫杨树多么富有啊!假如枫杨树上所有的果实成熟后都能落到泥土里,长成小树苗,那么这个城市将会有多少枫杨树啊!

　　可事实上,在抚州城里,枫杨树多生长在铺了水泥的地上,它们结有再多的果实,也很难找到生存的土壤。它们的果实落在水泥地上,要么被行人踩烂被车辆轧碎,要么被鸟雀啄食,要么被雨水冲走,要么躺在冷僻的角落里自行腐烂,而很难成为孕育萌发生命的种子。相反,我在人家的屋顶瓦檐间,倒看到许多枫杨树的幼苗从落叶底下冒出来了,就像野草一样多而密,有种慑人的强劲生命力。可惜的是,不久后,烈日炎炎,它们因缺乏土壤和水分,相继枯萎夭折,未能形成盛大壮观的生命景象。让我惊喜的是,在废弃院落的高墙上,在城郊的荒地上,甚至在抚河河堤上铺贴着的水泥预制块的缝隙间,我意外地看到了数以千万计的枫杨树苗正蓬蓬勃勃地生长着,有些长得比人头还高,蔚为壮观。是什么力量把枫杨树的种子播撒到这偏僻的地方?是风,是鸟儿,还是枫杨树自身不甘绝迹、不甘寂灭的强烈的生存欲望?这些顽强的小生命,一次又一次深深地感动着我,震撼着我。

　　近年来,抚州大力营建生态园林城市,街道两旁多栽常绿树种,栽得最多的是樟树,其他有杜英、木兰、桂树、杨梅树等,而枫杨树等落叶树种则越来越少了。我深爱着抚州城里所有的树木,我尤其怀念那些在城里曾经随处可见、高高挺立的枫杨树,那些行将淡出抚州城大小街道的苍老的枫杨树。

夜访名人文化园

我已记不清踏入抚州名人文化园多少次了，只是同别的游客不同，我爱在月夜探访它。

名人文化园位于市行政中心以南，安石大道以北，东连赣东大道延伸段，西接玉茗大道，南北长1400米，东西宽500米，占地1000亩，绿化面积400亩，水面300亩。

园区有多处入口，其中北入口为主入口。主入口有三座文曲桥一字排开，飞跨湖波之上，犹如三道彩虹，气势恢弘，喜迎八方来客。一条由北向南的中轴带，周围配建东、西、南、北广场，并在园区中央特辟天圆地方大广场。园内有五大湖，名为牡丹湖、莲花湖、玉茗湖、日潭湖、映月湖。五湖之间有蜿蜒曲折的水渠连为一体，并建有众多石桥，如文曲桥、宰相桥、状元桥、院士桥、将军桥、揽月桥、文苑桥、才子桥等，精美绝伦，四通八达。此外，园区还将建樱花园、海棠园、紫薇园、茶园、梅园、竹园、菊园、橘园等。整个园区景点布局形如一个巨大的如意玉佩，寓意"吉祥如意"。

朦胧月色下，我最感兴趣的，就是那些抚州名人的雕塑。园区内，共有六十六尊历代名人塑像，其寓意为"六六大顺"。人物选择了抚州历代有名的诗文先贤、书画名家、宗教大师、文臣武将、革命家等，分别被安放在政治、科技、文化、教育、军事等五大区域。他们或站，或坐，或微笑，或沉吟，或手执经卷，或跃马持缰，形态各异，尽显风流。文化在这里凝结成历史，而他们则穿越时空，朝我款款走来，娓娓诉说。

王安石、汤显祖的雕塑分别列于东西两侧，隔广场遥相对应。他们无疑是抚州历史上最负盛名的光照千古的人物了。借着淡淡的月光，他们更像真人站在我的面前，我不由得产生同他们对话的强烈欲望。王安石塑像高达6米，是所有塑像中最高的。他神采奕奕，目光如炬，威严中透出傲岸和自信。这位中国11世纪最伟大的改革家，以"天变不足畏，祖宗不足法，人言不足恤"的勇气，一扫中国传统文人的狭隘、迂腐和懦弱，将人性的魅力展现到了极致。

与王安石塑像对面而立的，是汤显祖塑像。这位先贤看上去很文弱，他面容清癯，一身儒雅之气，仿佛还沉浸在戏剧创作的情感中。作为一个怀才不遇、报国无门的文人，他仕途不畅，落魄潦倒，最后绝望地弃官还乡，呕心沥血创作出流传千古的《临川四梦》。在现实中，他是失意的，但在精神王国里，他却是一个最大的富翁。他用一生的才情，塑造出柳梦梅、杜丽娘等生动的人物形象，被尊称为"东方的莎士比亚"。位卑而不忘忧国，失意而不失志，落魄而不自弃，他就像长夜划过天际的闪电，劈开了黑暗而沉重的铁幕。他永远是抚州人的骄傲和自豪。

距王安石塑像不远处，便是北宋宰相晏殊的塑像。他表情温和，气定神闲。除了词作温婉俊逸、珠圆玉润外，晏殊为人平和，待人宽容，雍容大度，善于发现和提携人才，扶持后辈，颇受人尊敬。站在唐宋八大家之一曾巩的塑像前，我不禁低声吟诵"曾子文章众所无，水之江汉星之斗"。他貌不惊人，却写得一手好文章，《墨池记》至今脍炙人口。他还在曾家园兴办了兴鲁书院，成为抚州历史上最有影响的书院之一。曾巩大办教育，泽荫后人，又何尝不值得我们尊敬和感恩呢？此外，我还在一代心学大师陆九渊、抗倭名将谭纶、地理学家乐史等名人塑像前流连忘返，倾心交谈。

在这月色朦胧的晚上，抚州历代名人先贤仿佛都不约而同地在这里会集，在这里交流，在这里展示，在这里定位。他们每个人都是一本厚厚的线装书，他们每个人都是一部精彩的传奇，他们每个人都是一座巍巍的纪念碑。他们丰富无比、曲折跌宕的人生，带给我们诸多启发，是我们奋发前行的强大精神动力。

　　驻足在名人塑像前，就像穿越了千年的历史时空，我感到格外清醒和超脱。月光下，园内湖水清清，假山矗立，亭台相连，广场上芳草如茵，绿树掩映，风景如画。我进行着一次次的灵魂拷问，我仿佛听到他们不屈的呐喊，听到他们美妙的歌吟，听到他们敦敦的教诲，听到他们铿锵的足音。这里真安静，我甚至能听见自己心跳的声音。

　　在群星璀璨的名人文化园，我和先贤们面对面地站在一起，同这些寂寞而伟大的灵魂深入对话，并时刻对照反省，不断扪心自问，这真是莫大的幸运，也是无上的幸福！

驿前，那莲花盛开的地方

　　夏天，最美的花莫过于莲花。莲花最多的地方莫过于广昌县驿前镇的姚西村了。

　　那天，我来到中国莲花第一村的姚西村时，已是傍晚时分。夕阳斜照，在群山环抱中，成千上万亩莲花开成一片绚丽的花海。莲花，多么女性的花！瞧，花潮涌动，芳姿摇曳，倩影迷离。她们五颜六色，流光溢彩。白莲花，或纯白无瑕，或白里透红，或白中泛青。红莲花，或粉红，或绯红，或酡红。她们千姿百态，风韵楚楚，一如古代江南的采莲女子，水灵水灵的。徜徉于花海间，就像置身于万千佳丽中，让我不知该欣赏谁好。莲花，多么佛性的花！一花一世界，莲花可单看。每一朵莲花，都那样独立、优雅、完美，自成一体，各领风骚。莲花亦宜群观，再多的莲花聚集一处，也不显得拥挤喧闹。莲花清纯，清而不冷，娇而不媚，艳而不妖，有种净化心灵的超凡之美。佛教中的莲座、莲台都与莲花有关，小那吒更是莲花太子，是从莲花中孕育而生呢。"嫩竹含新粉，红莲落故衣"，人们还能从莲花中体悟出诸多人生智慧。

　　也许是从血木岭淙淙流下的溪水，在姚西村前汇成清清的盱江，千百年来哺育着这片抚河源头的土地的缘故，才使得这里的莲花开得分外美丽脱俗。她们大多是太空莲，以粉红色居多，娇艳绝伦，光彩照人。她们清香四溢，沁人心脾。看，无数的蜜蜂和蜻蜓在花海间流连忘返。不少蜜蜂还钻进半开半合的莲花中，好半天也不出来。她们朝开暮合，经三开三合后，才开始凋零。早晨，伴着朝霞，她们挂着露珠静静绽放，风姿绰约，雍容典雅。早晨是赏莲的最佳时间。正午，骄阳似火，莲瓣渐渐收拢，半开半合，似对恋人诉说衷肠，又欲说还羞。傍晚，她们都收敛成花蕾，恍如少女的玉乳，不知里面保守着多少青春的秘密。若逢月夜，荷田上浮起一层薄薄的青雾，到处弥漫，看那荷叶隐约缥缈，莲花恍然如梦，让人不知今夕何夕，身在何处。而最稀见的是，夜间这里的溪边水湄，不时可见数点萤火飞来飘去，若隐若现，仿佛到处寻梦一样。如今，也只有在这种地处偏远、生态优美的地方，还能有幸看到久违的萤火虫了。如果夜半下了场雨，到次日黎明，莲花会开得格外娇艳。雨后的莲花，白的更洁，红的更娇，粉的更艳。

　　入夏以来，每日晨昏，在姚西村外的竹林畔，古樟下，溪流边，在无边的花海中，随处可见观赏莲花的中外游客。他们三五成群，络绎不绝，有摄影拍照的，有绘画写生的，有考察调研的，有创作采风的，还有来避暑度假的。他们有一个共同的心愿，就是为欣赏莲花而来，为寻芳探美而来。他们的心中不只装着物质、金钱和名利，而是更多地保留着审美的诗意空间。

　　我不知道当地居民怎么看待远道而来的游客。不过，我对这里的莲农们是非常赏识和敬重的。他们大都淳朴厚道，待人平和。他们看见一些好奇的游客采摘一两朵莲花和一两盏莲蓬时，只是和善地笑笑而已。我们趁他们剥莲蓬时，抓几颗莲子品尝，他们也毫不在乎。我们有人不停地拍摄他们坐在家门前剥莲蓬的照片，他们竟没有人会介意。

　　除了平和宽容外，莲农们的勤劳，尤其令我感动。在姚西村，在驿前镇，在广昌县，凡是适宜种莲的土地，哪怕田头地角，几乎全都种了莲。我甚至在许多山坡上，山谷中，山坳里，也看到大片的莲花。他们珍惜着每一寸可以开发利用的土地，不遗余力的打造着美丽的人间仙境，支撑起一片诗意的天空。

我在广昌只待了两天。无论是在姚西村，在驿前镇，还是在其他乡镇，到处都飘散着荷叶、莲花和莲子的清香。我看到一个终生难忘的场面，那就是家家户户门前都围坐着剥莲的人们。瞧，满头白发的爷爷奶奶，六七岁的留守儿童，竟无一人手头闲着。从采莲，到脱粒，到剥壳，到褪皮，到通芯，到烘莲，他们的操作工序繁琐，工艺细腻，全凭手工完成，我们看后无不心疼。当我们喝着鲜美的莲子汤时，又有多少人见过这种辛苦的劳作场面呢？

而当我行走在驿前古镇上时，我还看到了大量明清古建筑，如船形屋、七进厅、云衢公厅堂等。我发现，这里凡是上了年岁的老屋，随处可见莲文化的影子。从那大量精美的砖雕、石雕、木雕里，我不时看到莲花、莲叶、莲蓬的图案。是的，在这个拥有一千三百余年种莲历史的古镇，莲早已成为古镇永恒的图腾，莲香早已浸透到每个人的血液里！

隐没在城市深处的村庄

离我居所约两里地，有一个城中村——牛角湾村。这个村子是我去年夏天偶然发现的。

村子南边是名仕家园小区，东边是建鼎华城小区，西边毗邻凤岗河，北边离阳光城小区不远。平日里，由于高楼大厦的包围，再加上周边街道上车水马龙的喧闹，人们压根儿想不到里面还有村庄和田园。村子正南方有一个较大的入口，入口两旁树木葱茏，竹林清幽，鸟雀欢鸣。有一条水泥路从入口伸进村内，将村子南北贯通。

在抚州城区，这是一个相对独立、自成一统的村庄。村里的民房大都有两三层高。地上除了道路，房前屋后大多辟有菜地，见缝插针般栽有橘树、枣树、石榴等果树，树下又种有红薯、花生、大豆。有些人家还围了院子，院里搭有葡萄架、丝瓜架等，靠着墙根的枣树将数根枝条伸出墙外，行人站在墙外伸手便可摘到枣子。不错，农民就是进了城，也多保持着勤俭的本色，保持着对花草树木天然的亲近之情。在这样安静的环境里生活，你丝毫感觉不到城市的喧嚣与浮躁以及快节奏社会的局促和压力。在这里，你会觉得日子相对较长，时间过得很慢。

更让人羡慕的是，村中有一块面积不小的田园，约有数十亩，还保持着农村的原生态。这片田园，跟郊外农村的田园毫无二致，呈现着原汁原味的乡村风光。在田园西边的水泥路旁，疯长着丛丛簇簇的芦苇，有的还抽穗扬花，在风中不停地摇曳，而野生苎麻也长得分外肥硕，那密密层层的大叶片在风中不时翻动着烟绿的波浪，散发出一种特有的芳香。在这片弥足珍贵的田园里，有几块较大的水田，有的栽满禾笋，它们挤挤挨挨，密不透风，有的种满莲藕，荷叶碧绿，莲花雪白，相映成趣。而在地势较高的旱地里，则开有许多小格菜地，里面栽有空心菜、白菜、辣椒、茄子、丝瓜等时鲜蔬菜，有三两个菜农正在除草、施肥。那天，我径直走到田园北边的一块荒地里，这里长满蒿草、芦荻和小野竹。忽然，我惊异地发现，这样的城中村里居然还建有气宇不凡的太子古庙、高大的戏台及一口盖住井口的古井。是呀，麻雀虽小，五脏俱全。中国再小的村庄，也尽量保持着传统乡村的独立性和完整性，拒绝城市文明的冲击和异化，坚守着自己薪火相传的地域血缘和最后的文化底线。

我经不住诱惑，到田间小径上转了几圈。我看见不少蜻蜓和蝴蝶在田园上飞来飞去，仿佛在巡逻值班，守卫自己的领地一样。我还听到东南方向的林子里热闹的蝉鸣和田间水沟里的蛙叫，一声声，一阵阵，就像是来自大地深处的歌吟。

自从无意间发现这个隐秘的城中村后，我便很少去城外观看田园风光了。每当夕阳落山、天色将暗之际，我便独自来到这个城中村的田园间漫步，当然也顺便带本杂志翻翻。对我而言，这个城中村，就像是我刚发现的新大陆或者世外桃源一样。在一个喧嚣甚至混乱的城市里，能找到一方暂时属于自己的独立宁静的精神后院或者后花园，这是多么值得庆幸的事啊！

我常想，等到哪天自己退休后，我就到这里租间草房（买房是不现实的），开块菜地，种花也种菜，做个城里的老农，既可享受城市里近在咫尺的繁华与热闹，又能潜入到乡村田园从容淡泊、与世无争的宽松宁静的氛围中，真正修身养性，返璞归真，一门心思做自己感兴趣的工作，而不被人打扰，更无人干预。

诗 意 玉 湖

六月初六，我们一行来到黎川采风。作为抚州人，我还是第一次来黎川。在我眼里，黎川一直透着一种美丽而神秘的色彩。果然，黎川县城就很有诗意，小小山城居然有"油画一条街"，有"台湾城"和"香港城"等，气魄不凡。不过，黎川还有更浪漫的去处，如玉湖。

玉湖，一个充满诗意的名字，她原先叫张家水库。20世纪60年代，抚州地区在南城县修建洪门水库，将黎川上游的流水进行拦截，让河边居民搬迁上岸，便形成张家水库，后更名为玉湖。玉湖地处中田乡和日峰镇境内，下游与洪门水库相接，库区面积达五万多亩，湖上大小岛屿有数百个。

从县城来到玉湖畔的张家湾村时，已是下午两点多。站在湖边，放眼望去，只见湖光山色，烟波浩渺。离村不远的湖面上，依稀可见一棵枯树的上半身出露湖面，那姿势酷似一个拖着裙幅、举着长袖的古代舞女，凌波微步，翩然独舞，迎接游客的到来。

我们兴致勃勃地登上游船，驶向玉湖深处。起初，湖面狭长，犹如一条玉带向前飘出，不久，湖面逐渐开阔起来。游船所过，只见两岸青山，或者说是绿岛，一座挨着一座，连绵不绝，逶迤而去。有意思的是，那小岛上的红砂石，在风雨剥蚀下,形成独特的丹霞地貌,造型千奇百怪:有的像怪异的蘑菇,有的像威武的狮子,有的像凶残的鳄鱼,有的像戏水的海豚,有的像憨厚的猩猩,有的像负重的神龟,有的像巨大的青螺,有的像动力列车头,让人浮想联翩。

船越往前驶,湖面越发开阔。风大起来,凉气袭人。湖上静得出奇。远处的湖面有大群水鸟掠过,飞到小岛的崖壁上。它们很可能是野生鸬鹚,看,那崖壁上还洒满雪白的鸟粪呢。早就听说玉湖库区良好的生态环境和丰富的鱼类资源,吸引了大批野生鸬鹚、白鹭、墨鹰、野鸭等在此觅食、筑巢、繁衍。据了解,每年到此越冬的野生鸬鹚有数万只之多,是全国最大的野生鸬鹚越冬地。更有趣的是,那赤红的崖壁上有不少洞穴,看上去很大,让人想起龙虎山仙水岩绝壁上的悬棺,有种原始的神秘感。我真想爬上那绝壁,去看个究竟。

山因水美,水以山秀,游船在大小岛屿间穿行,如在画中游,只见两岸树木、竹林、村庄、农舍、田畴一晃而过,恍然若梦。分神间,游船驶得更远了,前后都是茫茫烟水。游船在天水间,孤单,渺小,就像一粒芥子。到底要去何方?离尘世仿佛越来越远。难道要远遁红尘,消隐于烟波深处?我忽然感到很孤独,寂寞。

正胡思乱想着,游船绕了个弯,避开一个湖心岛,不久,又绕了个弯,让开一个湖心岛。如此反复,不断进入新水域,湖上风景一路变幻无常,如过眼烟云,稍纵即逝。我的心静下来,凉下来,索性什么也不看,什么也不去想,就这样随波逐流,与船沉浮,让心灵去流浪吧。

不知何时,游船在一座岛边突然停了下来。船夫把缆绳系在岛下的一块大礁石上。大伙走出船舱,弯腰爬上陡坡,立于裸露的红砂石崖上,临风送目,更觉天高云白,山幽水野,鸟闲湖静。我干脆坐下来,养养神。

忽然,我眼前一亮,看到前面的一个石窝里长有一株异草,细瞧竟是卷柏。卷柏,俗称还魂草,为蕨类植物,是种稀见的草药。它多生长在大山深处的崖壁上,喜阴湿,对环境质量要求极高。空气越清新,它长得越青绿,一旦空气受到化学污染,它便会枯死,永不还魂。不过,我欣赏还魂草,主要是因为它适合做盆景。还魂草姿态奇异,高不盈尺,像微缩版的奇松怪柏,但仍显奇崛,傲岸,给人寸水波澜、尺幅千里之感。今年五月初八,属抚州一年一度的传统庙会,我在文昌桥头看到一个卖草药的老汉，从他那儿购得两株还魂草。老汉说，还魂草也叫万年青，四季不凋，见土就长，沾水就青，生命力极强。它多长在深山绝壁上，很难采到。我没想到，玉湖的小岛上竟长有许多还魂草。几个同行的女文友，要我帮忙多采几株。我采了二十来株还魂草，作为特殊的纪念品送给她们。据当地人介绍，玉湖岛上不光长有不少还魂草，还有许多野百合花。可惜来得不是时候，百合花事已过，否则我又要挖几株百合花，送给她们做盆景了。

临近黄昏，暮霭初上，夕阳余晖如点点碎金洒在湖面。我们坐上游船，开始返航。此次玉湖之行虽然只是走马观花，并未尽兴，但玉湖已经给我留下了异常美好的记忆。是啊，美丽的风景未必都在远方，我们周边往往也有令人神往的好去处。玉湖，就是这样一个安静、美丽的所在。就像玉湖岛上少为人知的野生鸬鹚和还魂草一样，玉湖的美丽中还透出一种原始神秘色彩。我相信，随着玉湖景区的进一步开发，慧眼识珠的人将会越来越多。

宰相故里靖思村

早就听说金溪县石门乡靖思村是明朝宰相蔡国用的故乡。蔡国用是明朝崇祯时一个很有才能和作为的宰相，他为官清廉，不畏权贵，敢于同魏忠贤作斗争，还培养、提拔了大量人才。靖思这个在历史上出过朝廷一品大官宰相级大人物的村庄，到底有何不同凡响之处呢？

一个初冬之日，我同友人欣然前往。从抚州乘车到金溪县城，再换车经左坊乡到石门乡下车，然后步行到靖思村，大约有百余里路程。当我从石门乡政府下车朝靖思方向走去时，我一路猜想靖思村到底会是什么模样呢？

走了很远，我依稀看到一个村庄的气势和氛围，与众不同的是它三面环山，二水护田，村外芦河从东北角向西绕村而过，直折南下，注入抚河，村前有涂岭下来的小港从东向西，与芦河接口，这两条河很像村子的护城河。而在村子的东、南、西方向有涂岭、鸣山等，逶迤不断，连绵起伏，真是山外有山，山后有山，山上有山，一山连着一山，一山比一山高。山间云雾缭绕，烟雾笼罩，山色由远而近分出不同的层次，有乳白、烟绿、褐黛、苍翠等，逐渐明晰起来，给人以极强的纵深感。村子不仅风景优美，就是从风水的角度来看也与众不同，显出雍容的大度和非凡的气势，还真像个出过大人物的地方呢。

走进村里，我顿感古意森森，古韵绵绵，古风悠悠。

我发现村里老屋极多，多为明清时建的，有四栋直进的进士第、大夫第，宽广而幽深，极具藏龙卧虎、吐纳万象的恢宏气度；有庄严肃穆的蔡氏宗祠，白天还锁着两扇沉重的大门，一般人不能随便出入；有古代遗存下来现已废弃的老布店。听村中老辈讲，过去这里老屋特别多，连成一片，若逢雨天，一个人从村西走到村东，完全可以不经过屋外，脚不沾泥，不过湿地，只从老屋的弄堂便可一直穿过去。昔日老屋的宏大规模，由此可窥见一斑了。像这样气宇非凡的老宅在乡村实属罕见。

村中的"古"气，还可以从村里难以计数的青石板、麻石板上显示出来。在幽深曲折的巷道上，在老屋的天井、厅堂、厢房乃至院落里，我看到太多的石板条了，它们平平整整地铺着，显得过分铺张，甚至有些奢侈了。走在石板上，你心里会格外踏实，会觉得生活节奏减慢了，会觉得这里的白天太长了，会觉得自己实实在在地活在人世间，丝毫没有身在都市中的那种虚幻感。你可以清晰地听到自己踏上石板上的足音，仿佛从地层深处传出来的，遥远而神秘。来这里打捞童年的旧梦，或访祖寻根，我想，那将再好不过了。

村中的"古"气，甚至可以从一些老屋后院栽种的桑树上显示出来。我在一栋老屋的后院里，看到了许多桑树，古意盎然，古风袭人，让我想起先民们种桑养蚕那艰苦而浪漫的生活。我甚至幻想在这里会邂逅《诗经》中年轻美丽的采桑女子呢。

在村里，热情好客的蔡人达老人还带我们观看了过去的老街和卖布店。

听老人说，过去，这一带水运发达，村西还有泊船的码头，过往商贾云集，常常到村里歇脚投宿，因此村里有街坊店铺，颇为繁华。相传，蔡国用常常蹲在码头上读书，他的妻子邹氏最看不惯他，说他若能获取功名，她愿打赤脚蹚水过河回娘家，永不回头。还别说，后来蔡国用从这里乘船沿水路进京赶考，结果高中进士，其妻邹氏真的打赤脚蹚水过河，回到芦河对岸鸣山脚下的娘家邹村里，从此再也未回过靖思村。不错，蔡国用有志气，发愤苦读，终获功名，而其妻邹氏有骨气，恪守誓言，永不反悔，这是一个多么美丽而伤感的传说啊。

令人遗憾的是，后来旱路交通便利，水运日渐萧条，芦河慢慢冷落了。靖思村再也不像昔日那样繁华兴旺了，它就像潮水退却后搁浅在河滩上的贝壳，动弹不得，无奈地躺着，躺着。村里冷落的老街，废弃的卖布店，空荡的旧书院，破旧的老祠堂，静静地沐着初冬的阳光，仿佛曾经沧海、阅尽世事的老人，习惯了沉默，习惯了在怀旧和回忆中超然地打发时日，什么话也不愿说，什么话也不屑说，什么话也不必说。

不过，好在靖思村数百年来文运昌盛，人才辈出，令人欣慰。过去，除了出过蔡国用这样的大人物，村里还出过不少进士、举人。我在一栋老屋里就看到两块"经魁"牌匾，一块上题有"乾隆戊子科中式第二十一名举人蔡辉祖立"的小字，另一块上题有"乾隆壬午科中式第九名举人蔡熙臣立"的字样，那牌匾已有几百年的历史了。如今，靖思村更加崇尚读书，儒风代起，出过很多大学生，还有博士生，其中不乏中山大学教授蔡文显这样的当代知名人士。

走在靖思村里，你也许不会相信，这个千余人的村庄竟有近十种姓氏（除外地嫁来的妇女），有姓蔡的、姓李的、姓谢的、姓车的，等等。较之数千人清一色都姓董的乐安流坑村，无疑，靖思村要宽容得多，大气得多，"民主"得多。靖思村能敞开胸怀，毫不排外，着实让人肃然起敬。古话说得好，宰相肚里能撑船，靖思村真不愧为出过宰相的地方了。

然而，徜徉于靖思村，我不可思议不能容忍的是，靖思村里的一些年轻后生并不懂得珍惜祖传下来的财富。有人把老屋内的雕花窗、题匾、内东门花板等廉价出售。更有人将题有"经魁"、"文魁"、"清华伟望"等字样的牌匾用来补门补壁,他们不知道那些题字的书法功底何其深厚,不知道字迹出于何人之手笔,不知道它们是保存了多年的文物。比如在一栋老屋的厅堂里挂有"读易堂"的牌匾,书风酷似米芾,后面果然钤有印章:米芾元章书。它若真是米芾的行书真迹,说不定还是稀世珍宝呢。而在一栋老宅的天井里,我更惊心动魄地看到明清时书院里用过的大水缸,被人视为废品弃之不顾,任其毁坏。他们何尝懂得价值?更有一些村民,嫌老屋里铺嵌的石板条碍手碍脚,不便推车过路,竟欲撬掉石板条,或者干脆搬出老屋,迁到新房居住,好不荒唐!

　　漫步于靖思村,我心潮起伏,久久不能平静。听村里说,随着抚河廖坊水利枢纽工程的建成,届时河水将淹没金溪石门乡的不少地方,很多村庄将要迁移,但靖思村因地形高而幸免,宰相故里将安然无恙。相反,随着廖坊水利枢纽的建成,芦河水运或许又将兴旺起来。到时,靖思村若打出"宰相品牌",说不准,它将同乐安流坑一样,成为一个新的旅游景点呢。

第六辑 / **走向远方**

老 屋 窗 口

多少年了，我总忘不了故乡老屋里那个小小的窗口。

分田到户前，村里房舍极少。全村人都蜗居在一栋三厅的老祠堂里，上中下厅各有四间厢房，上厅与中厅之间，中厅与下厅之间，各有一个长方形的天井，天井两侧分别有一间厢房。平日里，我和父母、弟弟4人就住在上厅西北角的一间厢房里。出厢房几步远，便是上厅的神龛，神龛两侧的木壁上贴有"不求金玉重重贵，但求子孙个个贤"之类的老对联。在厅堂横梁上筑有不少燕巢。春夏时节，燕子剪着尾巴，在堂前屋后飞来掠去，不怕人。而小孩子也在厅堂内追打嬉闹，乐此不疲。逢年过节，操办喜事，村民都在神龛上焚香点烛，还在天井里放爆竹，噼里啪啦声不绝于耳。

还是说我家的厢房吧。那厢房很暗，很小，还不到10平方米，里面摆有两张木床，父母睡一张，我和弟弟睡一张。房里潮湿阴暗，就是白昼，你突然进入，也会感到眼前一片漆黑。厢房紧靠后山，朝北开有一扇小窗，高约30厘米，宽约10厘米，比芭蕉叶还小，我怀疑世界上没有比这更小的窗口了。可它就像厢房的眼睛，透过它，我可以清楚地看见后山崖壁上长有一丛丛茅草、芦苇和灌木。秋深，崖壁上的芦苇摇曳着如雪般的白花，就像老人的白发，让我刻骨铭心地感受到岁月沧桑。偶有几只麻雀栖在苇叶上，唧唧喳喳叫唤几声，像在自言自语，又似在向窗内的人喊话。更有一两只大胆的鸟儿，竟然拍着翅膀，飞到窗台上朝室内窥望，好奇中透着几分诡秘，仿佛亡灵在寻找着前世的家，让我想入非非。

最吓人的是晚上。月夜里，小窗外月色如霜，而厢房内却漆黑如墨，望着窗外冷冷的月光，我惊觉夜竟有这样寂寞和深沉。尤其在雪夜里，躺在床上，看山崖草木上的积雪，闪着幽幽的白光，我生怕有野兽从窗外钻进来。我永远忘不了临近年关的冬夜，父母偷偷起床，挑着劈柴赶往12里外的三桥圩去卖。一觉醒来，发现父母走了，我好不害怕。而那小窗外透进的白光，还有后山密林深处传来的猫头鹰的叫声，就像小孩哭一样，让人毛骨悚然。于是，我便一头钻进被窝深处，不敢露出脑袋来。有时尿急，我也强忍着，熬着。当弟弟醒来，发现父母不在，他竟放声大哭，吵得隔壁的金香奶奶不停地敲打墙板，说有她在，别怕！而我们却再也睡不着，一直熬到天亮。

大约在我读初二那年，我家搬出了那间厢房，住进了新房。又过了几年，村民陆续迁进新房，只有一两户人家仍留守着偌大的老屋。再后来，老屋变成了空心房，村民在闲置的厢房里堆放农具和杂物，甚至圈养牲畜。老屋里冷冷清清，厅堂里长满湿滑的青苔，罕见人影，就连小猫小狗也懒得进去。前几年，老屋的外墙多处坍塌，屋顶檐瓦时常漏雨。而我多年前居住的那间厢房，更是破旧不堪，听说有人见到蛇和黄鼠狼进去过。要不是逢年过节，还有些念旧的人家进去放爆竹，老屋就彻底被遗忘了。

随着城镇化的大力推进，我的同龄人大都离开故乡，在城里买了房。村里的常住人口才三五十人，多是老人和小孩，小村成了名副其实的空壳村。别说那栋老屋已无人问津，就是后来新建的楼房也大多铁门紧闭，大院深锁。我已多年未踏进那间厢房了。小村从来没有像今天这样寂寞过。

前些日子，我抽空回故乡走了走。穿行于这个空壳村里，从村头走到村尾，我就像行走在一部怀旧的略带感伤的黑白电影里。我东瞧瞧，西望望，一切都那么熟悉而亲切。多少往事宛如发生在昨天，多少乡亲仿佛就浮现在眼前。我终于走进了那栋老屋，踏进了那间阴暗的厢房。我踮起脚尖，翘首仰望北墙上那个狭小的窗口。我又沉浸在那段清苦而寂寞的少年时光里，神游于那小窗向我展示的自由而新奇的世界里。是的，这个窗口曾给我带来快乐，也带来忧伤！这个窗口是我打量世界和观照人生的眼睛！每当失意时，我总会想起这个比芭蕉叶还小的窗口，于是便不再失望，不再恐慌。

独 轮 车

今夜，雨后月圆，空气格外清新湿润。我又听到了久违的蛙声。蛙声，从远处传来，飘进我卧室的纱窗内。蛙声如潮，喧闹而热烈。今夜，注定是个激动人心的不眠之夜。

我披衣而起，走下楼，来到小区大院内。蛙声似乎更响了，仿佛就在院子里响起。我知道这是错觉。我的居所地处城市边缘，紧邻梦湖和凤岗河。蛙声应该是在郊外响起的。

我缓步朝郊外走去。蛙声越来越近，越来越响。呱呱呱，蛙声固执地吵个不停，好像非要把我拖回到久别的童年岁月里不可。

童年时，我生活在一个偏远闭塞的小山村。村外的田垄里有近百亩农田，清明前后，村民便开始春耕。那时，农田里不像现在只留着去年秋天割剩的禾桩，而是种满了紫云英(俗称红花草或草紫)，长得又肥又绿，还开出淡紫色的小花，密密层层，如云如霞，似绸似缎，像铺上了一层绚丽的锦绣，美得灿烂奢华，美得声势浩大，震撼人心。然而，随着春耕脚步的加快，那大片大片的紫云英都被犁翻耙烂，碎身泥中，沤成"绿肥"。就在新耕的水田里，青蛙从泥土里醒来，或端坐田头，或浮游水上，摇头鼓舌，放开嗓门，叫个不休。尤其是在月夜里，村外春波垄上，蛙声鸣噪，底气十足，此起彼伏，连绵不绝。它们似乎要把埋没了一冬的激情全部释放出来,让整个世界都知道其醒来。那热闹的蛙声显出春夏之夜的勃勃生气,也反衬出山村的寂静。山村的寂静程度,简直可以通过蛙声来测量出深浅。

夏夜里,我常跟二叔去村外的水田里照鱼照蛙。二叔腰系鱼篓,一手提着鱼钳,一手打着火篓,在田垄上来回逡巡。那火篓现在已不多见,它由铁条铁丝制成,里面盛放松木条块。那松条多松脂,易点燃,火明光亮。为了获得这种松条,二叔常上后山找老松树,在靠近根部的树身上割出许多道伤痕。几天后,松脂便凝聚在伤痕处,二叔便用刀斧去砍削松条。照鱼照蛙时,二叔有时也让我提着火篓,朝前带路。走在田塍上,我们的脚步很轻,但还是常常惊动了青蛙。我不知道青蛙靠什么传递信息。在我看来,它们也太敏感和警觉了。先是近处的蛙声小了,停下来,然后是远处的蛙声也小了,停下来。也真是怪事,青蛙们要么齐声鸣噪,同时合唱,要么全部停歇,屏声静气,仿佛顷刻从地球上消失了一样。借着火光,只要看到田里的一处水面突然变浑,你走下田去,伸手一摸,多半能摸到一只青蛙。青蛙躲进泥里,自以为聪明,殊不知人比它更智慧,这是青蛙的悲哀啊。

夏秋季节,我们村里家家户户都养了许多鸭子。我和小伙伴们常常去捕捉蝌蚪和青蛙。捕捉蝌蚪,并不难,主要用来喂小鸭子。捉青蛙,则需要经验和技巧。在村外的小溪畔,尤其是在刚收割完稻子的田里,青蛙特别多,满田里蹦来跳去,只要随手提起一丛秆垛,就能发现几只青蛙蹲着呢。此时你不用慌忙,先得相中一只青蛙,目测距离,判断它下一步会往哪个方位跳,落脚点在何处,然后猛地扑将过去,用手掌拍按下去,多半就能抓到它。不过,有时也会落空,但只要有耐心,穷追不舍,最终还是能抓扑到它。说来太过残忍,我们常将俘获的青蛙用一种柔韧的草茎穿串在一起,那去叶的草茎像牙签一样直穿插透一条条蛙腿,滴着血水。那时,我从没想过被插伤腿的青蛙有多么疼痛。那年头,我们都太幼稚,想不了那么多。相反,我们手提蛙串,就像提着一串串从集上买来的油豆腐或清明节烧的金银元宝，不无得意地炫耀着，大摇大摆地走回村里去。

　　于今想来，那时我们对青蛙真的太残忍了。然而，村民滥施农药和化肥给青蛙带来的灾难，比我们捕蛙更令人发指。自从分田到户后，村民为了丰产增收，不惜大量施用农药化肥，使青蛙的生存环境不断恶化。我常常看到大量蝌蚪尚未长成青蛙便夭死于农田里，惨不忍睹。村外农田里的青蛙也一年比一年减少。春夏之夜，尽管仍能听到阵阵蛙声，但似乎缺少往日那种底气和大气了。

　　后来，我长大了，到城里念书。再后来，我参加工作了，便很少回乡村，而蛙声似乎也离我越来越远了。

　　多少年过去了。今夜，雨后月圆，我没想到在居所附近又听到了久违的蛙声。今夜，蛙鼓阵阵，蛙声如潮，我踏着清冷的月光，朝郊外走去，走去。在无边的月色下，我没有看到一只青蛙，不知它们藏身于何处，但它们的叫声却是如此清晰、响亮和真切。这不会是梦境中的幻觉吧？它们该不是从我的故乡迢迢迁徙而来的吧？它们真是从我的童年时代一路漂泊流浪而来的吗？它们是来控诉我们的罪孽吗？它们是来讲述自己的不幸遭遇吗？它们是来释放胸中压抑已久的郁闷吗？它们是来集体抗议吗？它们是在痛苦地呻吟，悲壮地呐喊吗？它们是在相互亲切问候，彼此热烈祝福吗？它们是在庆幸劫后余生，礼赞生命的自由与尊严吗？它们是在发着无益的牢骚，还是在用歌声证明自己不屈的存在？

　　今夜，我静静地站在城市边缘，站在清冷的月光下，独自聆听这久违的蛙声。在蛙声中，我听出了生命的顽强与坚韧。无论经历多少厄运和劫难，生命的歌声终不会停息，更不会在天地宇宙间风流云散，轻易消逝。在蛙声中，我更清醒地意识到自己正生活在一个无比真实、动荡甚至有些残酷的世界里，而我还很年轻，苦难的乡村童年仿佛就停留在我身后不远的地方。

那片雪白的芦花

芦花是芦花，芦絮是芦絮，但人们更习惯把芦絮也称作芦花。这情形就像棉花和棉絮一样，棉花薄如蝉翼，如锦如帛，色彩艳丽，而人们所说的棉花其实是指棉絮，即裹在棉籽身上的雪白松软的长绒毛。

还是说芦花吧。初夏，芦苇舒枝展叶，长得特快，不久便抽穗扬花。初生的芦花呈紫褐色，给人湿漉漉的感觉。到了盛夏，芦花开始变成淡白。淡白的芦花中，常会突然飞出一两只尖嘴长喙的翠鸟来，倏忽间便不见了踪影，吓你一跳。到了秋天，芦花全部变成芦絮，一片雪白。秋风吹来的时候，漫山遍野的芦花轻轻浮动着，就像一吹即散的烟缕，却总吹不散。

秋天，是看芦花的最好季节。记得年少时，爷爷常让我到山下放牛，而我一到山脚下，便把牛赶进山谷中的芦苇荡中。牛酷爱吃芦苇叶，我则坐在路口的大麻石上，静看那芦花在夕阳的映照下，白得幽冷，白得醒目，仿佛山涧激流瀑布，飞泻而下，激起千层雪浪，又似白云出岫，超然于尘世之外。

看芦花，得心静。年轻的灵魂没有忧伤，无忧的少年大多瞧不出其中深藏的意蕴。上了年岁的人看芦花，往往看得入迷。我看那芦花，是那么纯粹，洁净，纤尘不染，恍如秋水澄澈山月无痕。而爷爷看芦花的情形，同我完全不同。他总是痴痴地凝望着，好像从来没见过芦花一样。我总猜想，爷爷是不是厌倦了日常生活，想躲进深密的芦花丛中悄然遁世，过着与世无争的恬淡的隐居日子呢。爷爷是不是看到那秋风中凄迷的芦花，就像一个个老人，转眼间青丝老尽，白发如霜呢。我想芦花肯定让爷爷想起流逝的岁月，想到人世的无常。要不然，我为何总听到他口中时轻时重的叹息，看到他脸上若有若无的感伤呢。

芦花还真的有些让人感伤。爷爷去世后，我常站在山脚下孤独地观赏芦花。我站在秋风中，看芦花飘荡，飞絮蒙蒙，随风飘落，一点点，一片片，仿佛满眼都是愁啊。尤其是黄昏，夕阳衔山，形成一个深远而寥廓的背景，看山尖上的三两枝芦苇，摇曳着白花，仿佛就生长在那血红的夕阳里面，根根清晰可辨，但又显得异样孤独、静穆而遥远，我多想爬上山巅，从夕阳里采折几枝芦花啊！我多想在夕阳下的芦花中与久别的爷爷重逢啊！是啊，芦花是最能让人想起短暂人生和无尽岁月的花。

"人世几回伤往事，山形依旧枕寒流，今逢四海为家日，故垒萧萧芦荻秋。"（刘禹锡《西塞山怀古》）芦花总是勾起人们对往事的深切怀念。就连作家孙犁先生写得最多最美的小说也多半以白洋淀的芦花荡为背景，可见芦花给他留下了多么难忘的印象。

说实话，我在小山村生活了20多年，故乡哪座山谷里，哪条小溪畔，哪片野地里长有多少芦苇，我心里一清二楚。我常常想起故乡的芦花。我忘不了晚秋时节，满山芦花煞白煞白，犹如沐着淡淡的月华，染着薄薄的轻霜，那神姿仙态，脱俗得很。而最让我惊叹的是，秋风吹过，转眼间万千芦花随风飘荡，向山下飞去，那场景比樱花飘落还让人感喟呢。才数日功夫，芦花便无声无息地落到山下的小村里，只见茅屋上，禾场上，到处雪白。你一出门，便有芦花迎面袭来，跃上你的头顶，飞上你的眉梢，也沾满你的衣襟，挥之不去，拂了还来。面对这意外的赠礼，你会觉得身上添了丝丝凉意。秋意深深，备添禅趣。我忘不了，芦花落尽的时候，麻雀便衔着芦花苇絮飞到人家的屋檐下搭筑温暖的窝巢，准备度过寒冬了。而我的五叔则常上山割芦秆，编扎成扫帚，有时也拿到集上去卖。

如今，我的爷爷早已过世，五叔也变老了，而我则穿越故乡那漫天飘飞的芦花，来城里安家已近20年了。我常常想起故乡的芦花，在有月光的夜里，在午夜的微风中，我总卷起窗帘，期待着芦花悄然飘进我的梦里，落得我的梦中一片雪白。

禾 镰 草

　　春天来了，我不禁想起故乡田野上的禾镰草。初识禾镰草，我还得从儿时割稻子说起。

　　6岁那年夏天，我到自留地里割稻子。正割着，我抬头一看，发现自己落伍了，同父亲的距离越拉越远。我赶忙加快速度。突然，我掌心一滑，锋利的镰刀口正割到我左手食指上，鲜血直流。我急忙扯来野芋叶包住伤口，但血仍不停地渗出来。我索性用田泥裹住手指头，可仍无济于事。这时，父亲回过头来，看到我原地不动，问发生了什么事。我不敢说。他眼尖，赶忙走过来，把我拉到田塍边。他指着一株草说："这是禾镰草，可以止血！"

　　顺着他手指的方向，我看到一株一尺多高的草，立于杂草丛中，很打眼。它的叶子互生，细而长，呈羽状，又像初长成的花生叶。我正看得入神，父亲弯下腰，从那茎上捋下一把草叶，含于口中，慢慢嚼烂，然后取出敷在我的手指上，再从腰上的围布上撕下一块布条，包扎我的伤口。不久，我手指上的血还真止住了。

　　我吃惊地问父亲："禾镰草是专治镰刀割伤的草药吗？"

　　他笑着说："什么是草药？识得就是宝，不识就是草！没办法，应急罢了。"

从此，禾镰草和被镰刀割伤的疼痛深深地留在我的记忆中。此后，在父亲的悉心指导下，我又认识了清热解毒的鱼腥草、虎耳草，治跌打损伤的车前草，治风湿骨痛的兰香草，治疗瘙瘙痒的五倍子，治疝气的马鞭草和石菖蒲，治牙痛的大黄和细辛，等等。父亲还说，就连稻秆也是草药，用它缚扎被蚂蟥蜇着的伤口，可以很快止血。

数年后，我到乡里的中学读书，到田里帮父亲干农活的机会便少了。后来我念高中，父亲为了不耽误我的学业，便很少让我回家帮割稻子了。再后来，我到城里念大学，几乎从未回家帮父亲干过农活。于是，禾镰草便慢慢在我的记忆中淡出了。

时隔多年，我在城里工作。我每天面对的是鳞次栉比的高楼大厦，是熙熙攘攘的人流和车辆。行走在钢筋水泥的森林里，我迷失了方向，再也看不到禾镰草等乡村草药了。我充其量只能看到街道旁的行道树，诸如梧桐、樟树和枫杨树等。禾镰草看来将永远尘封在我的记忆深处。

然而，数月前，我在自己居所附近的梦湖畔，又看到了久违的禾镰草。它们东一丛西一簇的，长在梦桥桥头的草坡上，特别肥硕而青翠，高的长到近2尺高，叶片间点缀着星星点点的小黄花，散发出一种苦涩的芳香，那是我梦中最熟悉的气味。它们在阳光下静默着，仿佛晒着心事。几只小粉蝶在周围飞来飞去，似乎在窥视它们的秘密。我情不自禁地蹲下来，细细打量着眼前熟悉而又陌生的禾镰草，就像端详久别重逢的朋友一样。

我想，在家乡的田塍上，禾镰草一定青翠欲滴，长势喜人吧。只是如今乡村已大量使用收割机收割庄稼，再也没有几个人用镰刀割禾了。可以说，在家乡的后生中，大概没有人认识禾镰草了，更没有人像我一样，一想到禾镰草，手指便感到隐约的疼痛。禾镰草或许会像其他不少草药一样，大都将被永远默默地埋没于众多野草中，没人认识，更无人问津了。这是幸事，这是时代进步的必然结果。但从另一方面来说，越来越多的孩子，哪怕是农村孩子，认识的花草树木的数量越来越少，认识的草药就更少了，一旦生病或受伤需要临时应急时，愈来愈倚重西药，离开西药将一筹莫展，这又何尝不是一种遗憾。是啊，让孩子在劳动中认识众多的植物，当然也包括草药在内，这不光是亲近自然之举，更是对民间优秀传统文化的继承和发扬。让我们带着孩子，从禾镰草出发，走向广阔无垠的大自然，走进无比丰富多彩而又真实有趣的植物世界吧。

石阶上的姑婆

我们乡下，习惯把爷爷的妹妹称作姑婆。我的姑婆就嫁到离我故乡约两里远的一个叫做里毛坑的小山村里。

姑婆待人本分，和蔼慈祥。她最大的遗憾就是未能生育儿女。她常说我爷爷生有六儿一女，她却一个都没生。她特别爱收养小孩。她先后做过我三位叔叔、一个堂弟等近十人的乳娘。而姑公则长期替一个名叫阳城的大村庄看守林场，每月领取微薄的工资。

在我的印象中，姑婆的形象总同老屋有关，同老屋门前那高高的石阶有关。那老屋地势很高，背靠山，门朝山。每天早晨，她从老屋里走出，顺着门前长长的石阶拾级而下，走到一口古井旁，把一个吊桶缓缓放入井里提水。傍晚，她手摇蒲扇，坐在石阶上，凝望着对面山上苍翠的古松，还有山脚下小路上过往的行人。

姑婆很少外出，除了去我爷爷家出过村外，她就几乎天天守着老屋。她很少闲着，要么替人照看孩子，要么操持家务。她曾出过一次乡，那是陪侄孙女去相亲。那天，她途经火车站，当时一列火车飞驰而来，长啸一声，她吓得脸色煞白，忙抱住路边一棵大树，半晌无言，令人忍俊不禁。

姑婆最怕寂寞。逢年过节，看到别人家里热热闹闹，自家却冷冷清清的，她便禁不住长吁短叹。我正月去她家拜年时，她总舍不得让我走，硬要我在老屋里多住上几日。而每年八九月间村里就会演戏或放电影，那几天姑婆最开心。她总提前几天通知我们，务必去她家做客。

随着年岁的增长，我和弟妹先后参加工作，而堂弟堂妹们也大都外出打工了。我们很少回去看望姑婆。后来，姑公去世了。姑婆成了村里的五保户，没有再收养小孩。老屋更加冷清，她成了老屋最后的守望者。村民常见到她坐在石阶上发呆。

今年，姑婆快90岁了。她仍一个人留守在老屋里，守望着那片阴暗、潮湿、空荡而寂静的巨大空间。前几年，老屋的一堵外墙坍塌了，寒风吹来，雨雪常飘落到她厨房的灶台上。她的卧室则是间厢房，一年四季不通风，里面又暗又闷。平日里，很少有人踏进这破败的老屋，只有姑公过继的侄儿每隔三五日进来看望一次，提供柴米油盐等生活用品。姑婆每每盼望着小孩子来老屋里玩，但总是令她失望。哪怕有小猫小狗跑进老屋的厅堂里，她也会高兴好半天。

姑婆最大的爱好，就是一个人静静地坐在老屋门前那高高的石阶上，看别人的孩子在村禾场上追玩嬉闹，看对面山上那几棵高大苍老的古松，看古松上空飘飞的白云，看小山脚下那条小路上是否有熟悉的行人路过。当我们意外地出现在她的视野里时，她先是一愣，过了一会儿，才惊讶起来，随即便笑容满面了。她总是格外亲热，老远打着招呼，硬要我们到老屋里坐坐，哪怕陪她说几句话也好。说实话，我很怕见到她坐在石阶上发呆的模样。那模样让我感到悲伤，感到凄凉。而我除了说几句安慰她的话外，却并不能帮上多少忙。

前些日子，叔叔打电话告诉我，说姑婆下石阶时摔跤了，伤得很重，已卧床一个多月。此刻，我心里感到酸酸的，猛然想起自己有好几年没回去看望姑婆了，我该去看望她老人家最后一次了。姑婆去世了，只留下了那栋空空荡荡的老屋。不知为何，我的眼前总浮现出那个熟悉的画面：一个老人，静静地坐在老屋门前高高的石阶上，她满脸皱纹，一头白发，视野模糊，痴痴地望着对面山头一棵棵苍翠的古松，望着山脚下小路上一个个过往的行人……

又见乌饭树

　　说来惭愧，我从小生长在山村，不知见过乌饭树多少次了，却一直不知道它的名字。直到去年，朋友告诉我乌饭树就是南烛树，乌饭子就是南烛树的果实，即乡下少年常采吃的野果子"南米子"。南烛树为何又叫乌饭树呢？这还得从少数民族畲族的民间传说说起。有关畲族乌米饭的传说有多种版本。

　　一种说法是，三月三为米谷生日，畲民要给米谷穿上衣服，故涂上一层颜色，祈祝丰年。一种说法是，三月三虫蚁不作，畲民吃了乌饭，上山下山不怕虫蚁。一种说法是，古时畲民与敌兵交战时，敌人常来抢米饭，畲民故意将米饭染黑，敌人怕中毒，不敢问津，畲民便安稳吃饭，有了气力，打败敌兵。当然比较流行的说法是，唐代畲族英雄雷万兴被关在牢房，他一顿能吃一斗米，但母亲送来的饭却都被狱卒抢去。雷万兴想法让母亲将米饭染黑，从此，狱卒再也不动乌饭。以后，雷万兴越狱，于农历三月初三战死沙场，族人每年以乌饭悼念他。

　　制作乌米饭并不难。相传，在过去的每年三月三，我国南方地区总有不少村姑上山采摘南烛树上的嫩叶，将其洗净，拌在糯米里，在清水中浸泡一天一夜，然后装入甑中蒸熟，那糯米饭便变成了乌米饭，又黑又香，让人馋涎欲滴。因此，乡下人又把南烛树叫作乌饭树，把南烛叶叫作乌饭叶。除了可以做乌米饭外，乌饭叶还可以用来煮肉，做成乌肉，别有风味。如果事先把采来的乌饭叶放入水中浸泡24小时，然后搓碎捣烂，再榨取其汁液去蒸乌米饭和煮肉，效果会更佳，营养价值和药用价值会更高。听老中医说，乌饭叶和乌饭子(果实)中含有丰富的铁、锌、锰等元素，有明目补肾、滋阴壮阳、延缓衰老甚至抗肿瘤等功效。

从历史回到现实，当我重新打量乌饭树时，我似乎又回到了故乡，回到了清苦而寂寞的少年时代。我仿佛又看到了那满山满岭的乌饭树，那是我多么熟悉的一种植物啊。

乌饭树，其实算不得树，它们充其量就是一种灌木。它们在南方山区极为常见。它们四季常青，但长得极慢，生长了多年，才长到人头高。它们在春天里萌发出细小的嫩叶，夏天叶子变成翠绿，到了秋天叶子泛出微红，煞是好看。它们在夏天会开出密密麻麻的小白花，到了秋天会结满绿豆大小的紫黑色的果实，一团团，一簇簇，乡下人俗称"南米子"。南米子可以吃，记得当年上山砍柴时，我们常采来吃，大把往口里塞，一口气吃下数十上百颗，直吃得舌苔、嘴唇尽黑，像染了墨汁一样。南米子虽不解渴，但甜中带涩，让人越吃越爱吃。那时，山上还有一种叫碎米子的野果树，也是常绿灌木，叶子更密更小，呈卵形，在秋天会长出鱼眼大小的黑色果实，俗称"碎米子"。这两种野果树常生长在一起，但碎米子果实更大，浆汁更多，且内有小核。而夏秋季节，故乡的村姑们则常采乌饭树或碎米子的嫩叶去和甘草、芝麻、食盐等一起捣烂，制作擂茶。那擂茶泡水后，喝起来风味极佳。

如今，我离开故乡二十多年了。故乡的山间依然长满了乌饭树，它们悄悄地长叶，静静地开花，默默地结果。我不知道，故乡的留守少年是否还会采吃南米子，他们是否像我一样，不知道南米子树就是历史上曾经很有名的乌饭树。但可以肯定的是，他们至今不知道乌饭树已在网络等媒体上受到空前的推崇和热捧。有野史称，当年的宋美龄就对乌米饭和乌肉大为青睐，情有独钟，一度想列入"国宴"呢。更有意思的是，我还在城里看到有人利用乌饭树制作出精美的盆景。而让人更想不到的是，时下甚至有专家学者不断提议要大力开发利用乌饭树，要用乌饭子制作一种神奇的保健饮料呢！

有些事，你无法忘记

13岁那年秋天，我在村里闯大祸了。

那是一个深秋的下午，我独自上山砍柴。山上又闷又热，我砍了还不到一捆柴，汗水便湿透了衣衫。我用手不停地揩汗。不久，我的眼睛疼了起来，疼得睁不开。原来，咸涩的汗水浸入眼睛里了。我烦躁至极，丢下柴刀，在山林间转悠。

忽然，我看见林子里有好几棵柚树，树身细瘦，但长得很高，估计有近10年的树龄吧。有3棵树上都挂了果，其中一棵特别高，在临近树梢处吊着十多个黄灿灿的大柚子，馋得我直流口水。我顿感口渴难耐。我跑到树下猛摇树身，但柚子一个也没落下来。我去找棍子打柚子，但山上找不到这样长的棍子。我试着爬树，但树枝上长满了锐刺。万般无奈，我抓起几个石头朝树上扔去，但一个也没砸到。

这可如何是好？我顿时灵光一闪，赶忙提来柴刀，朝树身狠命砍去。连砍数刀，柚树轰然倒下，金黄的大柚子滚落了一地。

那天下午，我将柚子吃了个够，差点酸落了牙齿。

然而，3天后，我听到德兴爷满村骂人，骂得很难听。"哪个狗衔的短命鬼，到我山上偷摘柚子？你吃了几个柚子，我不会怪你，可你为什么要砍树呀？你跟我说清楚，不然，我跟你没完——"他的声音在小村上空久久回荡。

听到一向老实巴交的德兴爷的骂声，我深感事态的严重。我意识到自己的确太过分了。但我害怕，没有勇气向他认错。我吓得好几天不敢出门。然而，德兴爷的骂声并没有因此停息。相反，他一连几天经过我的家门前，骂个不休。

我猜想，德兴爷一定怀疑上我了。事实证明，就连我的三叔也怀疑上我了。三叔揪住我的耳朵，大声说："你去认个错吧！不然，德兴叔每天都会骂人的。"

我吓蒙了，哭着说："三叔，真的不是我砍的！我发誓——"

三叔摇着头，失望地走开了。

德兴爷也许真的太伤心了，他放出狠话来："如果村里再没有人出来承认，我就将山上的柚树全部砍掉！不信，就等着瞧！"

我自然不信他会丧失理智，做出这种荒唐事来。

几天后，我再也没听到德兴爷的骂声了。我总算松了一口气。我料定，他肯定消了气，懒得计较了。于是，我又像往日一样，若无其事地在村里村外溜达。

这天下午，我又上山去砍柴。来到那片林子里，我顿时惊呆了。我没有看到那些又高又瘦的柚子树，倒看到七八个碗口大的树桩，树桩上还溢出油脂样的液体来，黏黏糊糊的。显然，柚树真的被德兴爷砍掉了，悲剧就发生在几天前。

我瞪大眼睛，望着一个个光秃秃的柚树桩，心里又悔又恨，泪水顺着眼角悄悄地流下来。

多年后，我在城里上大学。那年清明节前，我到一条冷街上闲逛，看到有人卖柚树苗。也真是鬼使神差，我忽然想起自己多年前做的坏事，心里难受极了。我当即买了十来棵柚树苗，第二天便赶回故乡。我偷偷将柚树苗栽在德兴爷曾种柚树的山上，以弥补我的罪过。

没想到，后来那些柚树苗竟渐渐长大。我不知道德兴爷是否知道是我补栽的。因为他七十多岁，很少上山了。

时间过得很快。前不久，我回到故乡，特意到山上看望那些柚树。我惊喜地看到树上挂满了金黄的大柚子，就像我少年时见到的一样。我总算松了口气，可以心安了。然而，三叔跑来告诉我，德兴爷在半年前去世了。他的坟就在柚树林附近的山腰上。怎么会这样？望着那一棵棵高而瘦的柚树，枝叶间露着一个个金黄的大柚子，我黯然神伤，一句话也说不出来。

走 向 远 方

就像许多男孩一样，我从小向往远方，认为远方的世界一定非常美丽。我渴望挥别故乡，四处漂泊闯荡，就像李白年少时仗剑去国、辞亲远游一样。

然而，我和村里的同龄人偏出生于20世纪60年代末70年代初，一个偏僻闭塞的小山村。当时，村里家家户户都穷。我和村里的小伙伴们多过着饥一餐饱一餐的日子。山上的野草莓、青杨梅、涩柿子、毛栗、苦珠等野果子，常成为我们的美食。荒地里的土茯苓、药萝卜、野蘑菇等也常被我们采来，煮熟充饥。嘴馋的时候，我们甚至偷吃生产队酿酒用的拌过酒药的熟谷，从谷壳里挤出饭来。

我们不仅要忍受穷苦的生活，而且还得参加生产队的劳动。我们干不动重活，但是为了争微薄的工分，还是被安排去放牛、砍柴，甚至下到水田里割稻子或送秧苗。而我最害怕的就是下水田，因为当时田里的蚂蟥特别多。一听到水响，它们便纷纷游过来，探着头，缩着尾，一伸一缩，时出时没，如鬼魅般悄无声息就吸附到我的脚肚上，开始吮血。我抬起脚来，发现脚肚上的蚂蟥多得就像挂锁匙一样，吓得毛骨悚然，掉头就往田岸上跑。随后，母亲便拿着竹棍追了上来。我慌不择路，有时往村里跑，有时往山上逃，有时躲到男厕所里不出来，有时逃到水库里不上岸。母亲常被气出眼泪来，骂着："你这个天杀的，干了半天活就不干，一分工分也没挣到，等于白干了！你怎么这么不争气！可惜你眼睛不光，没钻到有钱的人家里出世！你有本事就离开田西村，过好日子去！"我常愤怒地说："走就走，我才不肯过这种日子呢！"于是，母亲哭得更伤心了。

我实在忍受不了这种"摧残"，有好多次都萌生起远走他乡的念头。无数个傍晚时分，我都默默地坐在老屋门前的石阶上，仰望浩瀚的星空，看群星闪烁，就像秋天原野上的野菊花灿烂地盛开着，看一朵朵白云无声地飘过，飘向山外的远方。我真想化作白云，到远方流浪。

10岁那年，我终于忍无可忍，悲壮地踏上了远行之路。我一个人顺着村前的黄泥马路一直向前走，走到哪里算哪里。中午时分，我来到了离村30余里的丰城县陶沙镇，平生第一次见识到集镇的繁华。可惜我身无分文，连个包子也买不了。我后悔了，流着眼泪往回走。我饿得眼睛发花，边走边歇。忽然，我看到路边有半个被人吃剩的白萝卜，我如获至宝，赶忙拾起，连皮带肉就啃起来。如果母亲看到我那饿鬼出世的可怜相，想必又会流出不少伤心的眼泪来。

而就在这年，农村分田到户了。我家里分到了近10亩田。这年秋天，我到乡里的初中读书了。从此，我回家的次数便少了。我真得感谢勤劳的父母，他们含辛茹苦，白天下田劳作，半夜后还常挑着柴到附近的三桥镇去卖。几年下来，我家里渐渐富起来，盖了新房，迁出了全村人聚居的老屋，生活大为改善。

1989年秋，我考上了远方的一所高校，将户口迁出了小山村。数年后，我的弟弟和妹妹也考取了大学。

由于实行改革开放 政策，村里的后生们无不发奋苦读，相继有近20人考取了大学和研究生，跳出了"农门"，在外地工作。即便那些无缘上大学的同龄人，也都学了门手艺，丢下镰刀锄头，要么在外承包工地，要么到沿海工厂打工。看着我们这一代人一个个都作别祖祖辈辈蜗居的小山村，从贫瘠的土地上站起来，不再面朝黄土背朝天，而是勇敢地走向远方拼搏闯荡，不断开拓新的生存发展空间，我真的感到无比欣慰。

可以这样说，假如没有改革开放，那么，我和村里的同龄人还将待在小山村里，日出而作，日落而息。为诸如农田放水、山上打柴等小事时常发生冲突和争斗，抢夺着极其有限的生存资源和发展机遇，就像一口沉闷的小池塘里的浮萍一样，为了占得一席立身之地，明争暗斗，无休无止地拥挤着，挣扎着，直到一同慢慢老去。想起来，那该是多么辛酸和悲哀的事啊！

如今，改革开放已30年了，而当年的那个任性少年也迫近不惑之年。30年的风雨，30年的辉煌，30年的沧桑巨变，我的那个小山村也早已富起来了，我们儿时的苦难岁月将永远一去不返。我在异乡的城市里过着少年时做梦也想不到的幸福生活。每当夜深人静的时候，我总会回想起儿时的乡村岁月，打心里感激改革开放的好政策。是啊，是改革的慈雨浇灌了故园，是开放的甘霖滋润了山庄，让我们这些泥娃子插上了飞翔的翅膀，寻找到属于自己的远方！

三 未 牌 坊

三未牌坊是我家乡的牌坊，是为一个清正廉明的官员特意建造的青石牌坊。从小到大，我不知瞻仰过多少遍了。

该牌坊位于临川区桐源乡李家村口，名曰"进士第"，有近五百年的历史。牌坊高约4米，宽约7米，八字形构造。牌坊始建于明世宗嘉靖十二年春，由江西巡抚、监察御史李循监造。牌坊雕饰精美，绘有人物、花鸟、龙凤等图案，上层正中竖写着"恩荣"两字；中层自右向左横题有"进士第"三字，那字迹朱红，雍容大气，遒劲有力，酷似舒同体。牌坊下有一对石狮，蹲于垫石墩之上，雄狮圆瞪双目，脚踏绣球；雌狮慈眉善目，怀抱幼狮。然而，令人不解的是，"进士第"本是过去达官显贵的宅第，大门多为牌坊式建筑，牌坊后便是宅院，可该"进士第"却仅为一座孤零零的牌坊，坊后空空荡荡，并无宅邸。

听老辈讲，该牌坊是为纪念本村明代儒生李毅而建的。李毅，桐源李家村人，明朝正统元年三甲二名进士，多年任京都刑部主事，为官清廉，被世人赞为"三未主事"。所谓"三未"，即未建一栋华屋，未买一桩良田，未收一个奴婢。后人敬其廉洁奉公，便在村口建造一座"进士第"牌坊作为纪念，并将其诗文刊载于宗谱之中，以励后人。

作为朝廷高官，李毅没有私心，廉洁奉公，不建华屋，不买良田，不收奴婢。他自律之严，着实世所稀见。他从不台上大言炎炎，私下蝇营狗苟，而是低调实干，一直保持着淡泊清雅的生活情趣。他用一生的道德坚守诠释了为官处世、修身做人的道理。相比之下，他不知要让多少大小官员汗颜。可以毫不夸张地说，他就像污泥浊水中抽出的一箭荷花，又像漫漫长夜里的一盏明灯。

每次路过村口，我都会情不自禁地仰望这座并不醒目的牌坊。说实话，这座牌坊位于穷乡僻壤，算不上巍峨气派。然而，它却凝聚了乡亲们朴素的情感，表达了底层百姓的一片拳拳心意。数百年来，它历经明朝万历、清朝康熙和同治年间的三次维修。"文革"期间，它曾要被拆除，但村民硬是将牌坊雕刻用黄泥石灰粉饰，上书时新标语，而那对石狮则被隐埋于泥沙之中，最终躲过一场劫难。"文革"结束后，村民才将牌坊和石狮清理出来。20世纪90年代，村民又自发筹资再次对牌坊进行了维修。如今，牌坊大门两侧贴满了婚嫁、寿庆、迎春之类的对联，旧联未换，新联又上，喜气洋洋。不错，从明朝到今天，三未牌坊经历了数百年的风风雨雨，这块大地上遭受过多次战乱和劫难，而李家村的村民更是换了一茬又一茬，但人们始终没有忘记一个名叫李毅的先贤。应该说，三未牌坊，是李毅留给乡亲们的最宝贵的精神财富。

望着那刻满岁月皱痕却仍岿然不倒的古老牌坊，看着牌坊下那枯枯荣荣、生生不息的野草，瞧着那石狮身上悄然长出的若有若无的绿苔，打量着那一个个从牌坊门下进进出出的淳朴厚道的行人，我心里久久不能平静。我想，百姓的眼睛是雪亮的，百姓的眼光是公正的，百姓的心地是纯洁的，百姓的心里自有一杆秤。百姓最容易感动，百姓最懂得感恩，百姓将永远铭记那些廉洁奉公、心系苍生的官员。

五百年沧海桑田，顽石也长满青苔，而乡亲们依旧情怀不改，信念不衰，怀念清官，拥戴清官。不错，任它时光流逝，人世变迁，不变的是这块古老而沉默的土地上百姓们对清官廉吏的爱戴，对风清气正的公平社会的渴望，对忠贞高洁人格的无限敬仰。

是的，三未牌坊，是我家乡土地上的一座不朽的牌坊，是一座教人廉洁从政、严于律己的牌坊，是一座警示后人、光照千秋的牌坊，是一座永远屹立在乡亲们心中的巍巍纪念碑！

一生守望小山村的老党员

好几年了，每次回乡下老家看望父母时，我总想接二老来城里住。然而，父亲说什么也不同意。他说自己快70岁了，在乡下生活和劳累了一辈子，同故乡的感情太深了。他还语重心长地说，他是村里资格最老的少数几个党员之一，他实在舍不得离开自己为之辛勤劳动了一生的小山村。

父亲出生在临川一个偏僻闭塞的小山村，村里人不满百，一年到头也见不到几个陌生人。相传在明末清初时，村里的祖先为了躲避战乱，才从北方逃到这里安家落户。新中国成立前，村里只有一座三栋直进的老祠堂，一村老小都蜗居在里面。听老辈说，当年日本兵入侵时，在全乡挨村烧杀抢掠，但唯独没有找到我的村子。

父亲7岁时，新中国成立了。从此，父亲有了上学念书的机会，成绩一直很优秀。俗话说，穷人的孩子早当家，父亲在家排行老大。父亲读完高小后，就被爷爷拉回村里帮着挣工分。父亲18岁时，便做了生产队的会计，并光荣地加入中国共产党。几年后，他又担任了生产队队长。他当上队长后，主持修建了环村围墙和村外公路，还兴修了两座小型水库。故乡开始初具村庄的规模，再也不是荒凉偏僻的地方了。

1978年，农村开始分田到户。父亲仍担任队长，他带着村民重新丈量了村里的农田面积，按每家的人口数将农田公平地承包给每家农户。我至今仍记得父亲拉着长长的皮尺丈量田地时的那种认真与细致，生怕出一丁点儿差错，仿佛寸土寸金一样。

分田到户后，父亲的担子更重了。他一方面要管好村里的大小事务，带领村民致富，一方面要种好自家的责任田，改善一家人的生活。记忆中，父亲真是太勤劳了。特别是在夏季的双抢季节，他每天起早贪黑，有时半夜还起床到田里看水，天未亮又到禾场上扇谷，或者去稻田里扎秆。村里的老老小小，也都整天忙碌着。村里到处是繁忙的景象。父亲在忙完自家农活后，还常为村里那些田地多子女小的人家帮工。

改革开放的好政策，让故乡这个名不见经传的小村渐渐富裕起来。到了20世纪80年代中后期，村里盖了几十栋新房。村民陆续迁出蜗居多年的老祠堂。1987年，父亲带着我们住进了新房。然而，父亲并不满足现状。他和村里的党员又开始谋划教育兴村和打工富村的发展战略。此后，村民省吃俭用培养子女发奋读书，先后培养出20多名大学生和研究生，成为乡里有名的才子村。而无缘上大学的年轻人也多学手艺，出外打工，开拓更为广阔的生存空间。

2002年，我的小妹也考上了大学。父亲总算松了口气，他辞去了村长的职务，但作为一名老党员，他仍不忘为村里的建设献计献策。前几年，村里通电了，村外的山头上还竖起了高高的通信铁塔，村民每家都装了电话，买了手机。有的人家还有了电脑，有了互联网，在网络上查阅生产和生活信息。看到村里的沧桑巨变，父亲的脸上总挂着自豪的笑容。

如今，父亲快到古稀之年了，我想接他来城里住，可他舍不得放下农活，舍不得生养和磨炼他的故乡，舍不得脱离村党支部。他还告诉我，时下乡里正在大搞新农村建设，小村面临着千载难逢的发展机遇，自己说什么也要和村民站在一起，为村里的建设添砖加瓦。

望着父亲被太阳晒得黝黑的脸庞，望着他满头花白的头发，望着他守望了六十多年的小山村，我深深感动了。我的耳畔仿佛响起了艾青那熟悉的诗句，"为什么我的眼里常含着泪水？因为我对这土地爱得深沉。"父亲从童年懂事起，就伴随着共和国的脚步一同前行，逐渐成长为小村的一名建设者和领导者，参与和见证了一个贫穷落后的小山村的成长和发展的过程。今天，我总算理解了父亲不肯离开故乡迁进城里的原因，因为他对故乡爱得太深沉，因为他像许多敦厚朴实的农村老党员一样，始终保持着对故乡难以割舍的赤子情怀。

留 守 之 树

　　在城里蜗居多年，每当看到人家栽在楼下庭院里的树，不管是枣树，还是枇杷树，我总感到格外亲切。我时常想起少年时栽在故乡的树。

　　故乡是个偏僻荒凉的小山村，村里村外闲地多。年少时，我和小伙伴都很顽皮，学着大人的样子，垦过荒，栽过绿豆，种过西瓜，但终归闹着玩，没什么收成。记忆中，我们还栽过树，有柳树、棕树、桃树、李树、橘树和水杉等。

　　有心栽花花不成，无意插柳柳成荫。柳易成活。记得我家有一口田就在村口，常有鸡鸭下田糟蹋庄稼。父母很烦恼，要我没事就到四周田塍上插柳枝，围成篱笆墙。谁料后来柳枝成活，越长越高，挡了稻禾的阳光，于是我又得将它们拦腰砍断。可它们被腰斩后，仍顽强地活着，并越长越粗壮。看那粗矮的树桩上长着细瘦的枝条，大稚大拙，就像卡通片里的树，夸张得很，别有情趣。

　　棕树也是一种易成活的树。棕树苗并不难找，在老棕树下多半就能找到。我曾在菜园里栽过两棵棕树苗，都毫无悬念地成活了。但它们长得很慢，一年才长高一点点，长到几米高后似乎就停止了生长，不再长高。清明前后，树冠上的棕叶旁会长出玉米一样的棕苞，很好看，听说可以熬汤喝，营养丰富，不过我从未喝过。

　　当然，像其他农家少年一样，我更热衷于栽果树。我先后在老屋门前的院子内和村外的菜园里栽过不少桃树，但大多未能成活。记得有一棵毛桃树，曾长到几米高，还挂过几年果。但可惜的是，后来树蔸处不知为啥竟流出棕色的桃油，凝聚一处，黏黏糊糊的，就像夏天吃的凉粉糕。没过几年，那桃树便枯死了。此外，我还在村口水井附近的菜地里栽过一棵李树，挂果后，老爸说结的都是牛屎李，又酸又苦，鬼都不吃，他便将树砍了，栽了几丛箬。

我栽在故乡的树大多未能存活下来。现在，唯有我栽在村外鱼塘边的那棵水杉树还健在，已长到十多米高了。它可是全村唯一的水杉树啊。它是我读中学时从周渡河边弄来的，很金贵。听说水杉喜水，于是我特意将它栽在鱼塘边。它长得很快，几年间便绿叶成荫，亭亭如盖。夏日午后，我常会割些青草扔到塘里喂鱼。那时，我总痴痴地站在水杉树下，看鱼儿纷纷游到树影下的水面抢食青草。

每次回故乡，我都会去塘边看望那棵水杉树。尽管那池塘早已分给了别人，树自然也易主了，但看到它不断长高，枝繁叶茂，我还是感到很欣慰，希望新主人能善待它。

数年前的冬天，故乡遭遇百年罕遇的冰灾，山上树木大都被压断了枝条，有的还被压倒了。而鱼塘边的那棵水杉并没有悲壮地倒下，只是被冰雪压断了几根枝条而已。它就像一个受伤挂彩的士兵，仍笔直地傲立于寒风中，坚守着岗位。

今年入夏后，我回故乡又惊喜地见到它长高了不少，枝叶间还结出了许多松球似的果实。

看到大难不死、劫后余生的水杉树，我感到异样亲切，仿佛看到了儿时的亲密伙伴，不，更像看到自己少年时的身影。说实话，我离开故乡多年，村里除了留守老人和小孩外，年轻人大都外出打工或者在城里买了商品房。村里人口越来越少，快成空壳村了。而它仍留在这片寂寞的土地上，不离不弃，无怨无悔，孤独地守望着家园。它成了我人生历程的重要参照和标杆。我每每产生要拥抱它的冲动。是的，在故乡生活了多年，我到底留下了多少脚印呢？只有塘边水杉树，年年替我守故乡，它才是我留给故乡的最美好最持久的纪念啊。

落叶的冬树

冬日，你落光了叶子，落得干净、彻底而悲壮。你脱掉华装艳服，赤身裸体，显得更孤独，更高大，更刚直，更肃穆，也更苍凉。你挺直腰杆，伸长脖颈，昂起头颅，打量着周围的田野和村落，打量着路上的行人和天边的流云。你是个铁打的硬汉，顶天立地的英雄。

你不屑一顾满地的落叶。落叶是你撕下的日历，剃掉的胡须，剪去的白发。即使落叶是砍掉的手掌，是掏出来的心，血迹犹红，你也在所不惜。

你不屑与棕榈争一时之绿，不屑与菜花逞一时之艳。你将生机和热情深藏于根须里，潜伏于落叶之下，蛰伏于泥土之中。

带着血腥，伴着残忍，不慕浮华，不图虚荣，你昂然无忌地挺立着，迎着飒飒寒风，浴着潇潇冷雨。纵然沐着冬日的阳光，你也不萌一芽，不绽一蕾，不长一叶，只是一味沉思着，静默着。你正以最坦然的心态，最真实的形象，最英勇的姿势，穿越一年中最寒冷的时空，向来年温暖明媚的春天走去。

——且让我以仰望的姿式，一步步走近你，一遍遍欣赏你，致以最崇高的敬意。

我周围的古典意象

  一个时代过去了，往往会留下经久不息的"回音"，它们散发出浓厚的古典气息，作为对那远逝历史的怀念。芭蕉、梧桐、竹子、柳树、石榴、木槿、薜荔、蓖麻、荷花、青苔、浮萍等植物，在我看来，仿佛是古代的遗民，就像风筝、雨伞、亭子、石桥一样，永远脱不掉那身古典气息，具有一种让人心静和心仪的古典美。

  芭蕉。那长而大的宫扇似的叶片，那叶丛中殷红的花朵，美丽而不奢华，内敛而不张扬，含蓄而不疯狂，清醒得似乎有些清愁，看上去好像始终笼罩着一种淡淡的忧伤抑或是被诗人称之为惆怅的氛围。芭蕉以古典的身世扎根于现代红尘，真的很像离开宫廷流落草野民间的文静、内向的古典美人，哪怕漂泊到天涯海角，甚至寄人篱下，却依旧保持着皇室高贵的血统，依旧怀念着远逝的宫廷岁月，而绝不像沦落风尘的青楼女子。尤其是在雨夜，淅淅沥沥的雨点，打在人家庭院台阶下的蕉叶上，一滴滴，一声声，静得让人仿佛听到自己心跳的声音。芭蕉那种古典氛围，像清泉，如薄雾，似月光，具有清心静心的疗效，把人心灵的尘埃洗净，把人带回到遥远的古代家园。

  梧桐。古人云，梧桐叶落而天下知秋。南唐后主李煜词中也写有"寂寞梧桐深院锁清秋"的名句。真的，梧桐有种静气，古典味重。听说南京街道上多种梧桐，想必城里够静谧了吧。梧桐，俗称泡桐，那满树绿叶层次感异常分明，叶片大而多，但毫不局促拥挤，而是井然有序，自有一种清空的意境。暮春，梧桐花开，多为白色，真可谓铁树银花，古雅至极。夏秋时节，人家庭院里梧桐投下一地绿荫，主人手执蒲扇，坐于树下竹椅上纳凉，聆听枝上蝉鸣，那简朴而悠闲的日子倒颇有几分古风。特别是月明之夜，皓月当空，月华如水，洒照在老宅深院那高大的梧桐树上，满地铺叠着浓浓淡淡的影子，那意境美妙空灵至极，有种浓郁的古典氛围。再浮躁的人看到这般景致，他的心灵也会宁静下来。

竹子。且不说在寺院周围栽种竹子能营造出清幽的佛家氛围，就是在居民小院一角栽几竿箭竹，也同样可以平添几份闲适与静谧。我国古代文人偏爱竹，"宁可食无肉，不可居无竹。"当午后阳光或夜半月光洒照在后窗的竹园里，将竹影投映在窗棂上，投映在卧室洁白的粉墙上时，那印出来的无数重重叠叠的"个"字，让人仿佛置身于苏州园林中的"个园"，那种古典美让人心醉神迷。

柳树。在古书中曾读到"雪隐鹭鸶飞始见，柳藏鹦鹉语方闻"的诗句，我觉得挺有诗意和禅趣。也许是古书常选柳树作插图的缘故，也许是柳树（尤其是水畔垂柳）本身太柔美，犹如古代的江南美女，青丝披拂，富有水性和灵气，总之，柳树的枝枝叶叶，丝丝缕缕，无不撩人心魂，让人怜爱疼惜。

石榴。五一前后，石榴花开，灼红灼红的，火焰般热烈、疯狂，酷似《红楼梦》中热情开朗的晴雯，让人看到忍不住产生冲动。自古以来，就有许多男人情愿拜倒在女人的石榴裙下，由此可见石榴花的魅力了。不容忽视的是，其实，石榴果实也分外雅致耐看，那精致的造型，那诱人的色泽，犹如稀世的艺术品，无须加工，具有一种与生俱来的古典韵致。

木槿。夏秋时节，木槿花开，有素白的，有水红的，有淡紫的，还有天蓝的，古典而雅致，韵味极浓，让人联想到古代富有教养的隐逸的女子。木槿花，亦称芙蓉花，多么遥远而美丽的花！《诗经·郑风·有女同车》中这样写道，"有女同车，颜如舜华"，写的是诗人与一个叫孟姜的女子同乘一车，她美丽的容颜就像盛开的木槿花一样，让人难以忘怀。诗中的"舜"，指的就是木槿花。而当我读日本的《源氏物语》时，我还固执地认为女主人公之一的槿姬之所以叫作槿姬，就是因为在她的条院的篱笆边栽了许多木槿花呢。这也许是一个美丽的错觉。

薜荔。薜荔无疑是最能营造古典氛围和意境的藤蔓植物。元人马致远写的"枯藤老树昏鸦"，那"藤"，我疑心就是指薜荔藤。因为此藤常攀残墙，缠老树，封堵崖窟洞口，有一种森然的古意。我常在一些老宅的院落里看到薜荔，攀上墙头，四处蔓延，扩张，还像蛇一样游走。在其藤叶间，还偶尔可见一些薜荔果，俗称乒乓子，像小秤砣，又似倒置的青青莲蓬，将其破开，会渗出白色黏液，稠稠的，果内有细小的白籽，可以用来做凉粉，风味极佳。薜荔的古典美，很早便为古代文人所看重。在《西游记》中妖魔的洞府外，在《水浒传》中龙虎山的崖壁上，在《红楼梦》中大观园的院落里，薜荔给人平添了许多原始、神秘、隐逸和清幽的韵致。

蓖麻。夏天，蓖麻的叶子又嫩又绿，水灵水灵的，且形态优美，精致绝伦，它们一片片极有章法地朝不同方位伸展，摊开，犹如少女娇嫩的手掌。它们简直用不着艺术加工，用不着夸张变形，用不着"陌生化"，便可以直接入画，尤其是以简约取胜、追求神韵的中国古代写意画。我至今很奇怪，中国古代文人雅士为何疏漏了蓖麻这种形态脱俗的植物，而不将其列入绘画题材呢？

当然，湖面菱叶，水上荷花，尤其是池上七零八落的于闲静碎乱中见逸致的睡莲，那种浓得化不开的古典风韵，绝大多数人都能轻易地感受到，自然不必多言。

此外，到老屋天井里看青苔，去旧日池塘边看浮萍，心灵也会变得恬淡和宁静。青苔和浮萍，这两种再细小不过的植物，在中国古代诗词中频频出现，成为凄冷而颓美的古典意象。当夕阳的慈光洒在老屋天井厅堂里湿滑冷绿的青苔上时，一种恍如隔世的沧桑感，让我惊讶，让我感动，让我静默无语。而当夕阳的余晖照在旧日池塘的浮萍上时，风一吹，那漂泊无定的浮萍便开而复合、合而复开，苍老得看不出年岁，营造出一片古朴、恬淡、静穆而悠远的氛围，充满了诗意和禅趣。

是的，我过分沉迷于自然界里种种原始、古朴、神秘而美丽的物象，我对这些古典意象有着近乎病态的偏爱。我欣赏儒家、道家追求的"天人合一"的境界，关注外物景致与人心情趣的浑然交融，天地万物气韵与人之生命节律的深度契合，崇尚人与自然交融的反璞归真和超凡脱俗，不断深入乃至融入大自然，把人类本身看作是大自然的一部分。日本有一位古僧良宽在绝命诗中这样写道：秋叶春花野杜鹃，安留他物在人间。不错，大自然是永恒的，宇宙是永恒的。而在我国构建和谐社会（特别看重人与自然和谐相处）的今天，我再次发现了我们周围这些古典意象的不朽价值。我认为，这些美丽的古典意象就像一架登天的梯子，又像一道绚烂的彩虹，矗立于人世间，连接着大地与天穹，人类与神明，现实与历史，把我们的视线一次次引领到遥远、深邃、原始而神秘的无限宇宙中去。

夏天的味道

春天温馨，秋天恬淡，冬天肃穆，夏天热烈。也许，春天温馨得只适合对月奏古筝，秋天恬淡得只适合临风弹古琴，冬天肃穆得只适合坐在门前拉二胡，而夏天热烈得更适合在广场放摇滚乐。在我看来，春天像少年，秋天像中年，冬天像老年，夏天则更像激情燃烧的青年。是的，夏天无疑是一年中最热烈甚至疯狂的季节。

夏天热烈奔放，无拘无束，用如椽巨笔，挥洒丹青，描绘出一个生机勃勃的世界。夏天颇有李白诗歌的味道，天马行空，气势如虹，产生强大的冲击力和震撼力。

夏天的热烈，首先从花草树木的疯长速度上体现出来。夏天的草长得好快。我常在月夜到院子里散步，总惊奇地发现脚下的草似乎比白天长高了一截。夏天树叶绿得好快好浓。前些天还光着枝头的枫杨树和泡桐树，一下子长满绿叶，浓荫覆盖。前不久才开花的樱桃树，转眼"绿叶成荫子满枝"，甚至有的樱桃还红熟了。数日前还卷着的芭蕉叶，而今舒展如扇，摇绿晃翠。夏日的晌午，我行走在街道旁的林荫树下，惊讶于樟树叶密不透风，绿得如此深沉、浓重和静谧。夏天的花开得很热烈，绚烂，激情四溢。尤其是石榴花盛开的5月，将夏天的美丽与热烈推到了巅峰极致。看那满树的石榴花，如火如荼，犹如千万个小灯笼，照亮了整个夏天，照亮尘世的每个角落，让人热血奔涌。

夏天的热烈还从青蛙、昆虫等的鸣叫声中体现出来。青蛙的鸣叫声，一阵接一阵，昼夜不息，激情飞扬。蝉儿的聒噪声，一浪盖过一浪，此起彼伏，随风飘荡。就连蛐蛐、蝈蝈、纺织娘等也不甘寂寞，加入了空前的大合唱。夏天是万千生命强势出场、竞相表演的大舞台。夏天以磅礴绽放的激情，驱散一切萎靡与懦弱。夏天是入世者的天堂。

夏天的阳光热烈乃至奢侈。记忆中，少年时的端午节早晨，天空总是特别明亮，我家老屋的墙上总是闪着耀眼的白光。午后的阳光更是白花花，明晃晃，照得人睁不开眼睛。从阳光里回到屋内，你简直觉得自己突然回到黑夜，什么也看不清。雨过天晴的黄昏，夕阳的余晖映照在老屋的墙上，分外红艳，还带着点神秘，让我至今难忘。

夏天的风也运足了力量，大风起兮，顷刻间乱云飞渡，云卷云舒，云聚云散。夏天的雷更是惊天动地，响彻云霄，振聋发聩。夏天的雷雨来得急，去得快。雨过天晴后，天空中还往往升起绚丽的彩虹。夏天的小河也不再温顺，而是桀骜不驯，爆发出一往无前、无坚不摧的力量。

夏天不仅热烈，还浪漫。夏天的节奏总是很快，甚至很疯狂。夏天的白昼总是很长。夏天的早晨总是提前登场，特别明亮，最适合晨练和读书。夏天的黄昏总是姗姗来迟，特别绚烂，展示出深远壮阔的背景，最适宜散步和静思。夏天的午夜清凉如水，最适宜上街闲逛吃夜宵，消暑纳凉。夏天人们彻底卸下蜗牛壳般的外衣，身心获得空前的自由与解脱。夏天，男人穿短裤背心，光着脚丫上路，女人裸胳膊露腿，尽显女性的魅力与诱惑。夏夜，星空下，乡村禾场上的萤火虫打着小灯笼，飞到东来飞到西，引得少年到处追赶，充满浪漫的诗意。夏天，桃子、李子、杨梅、梨子相继成熟。夏天，无忧的少年总是不顾长辈的呵斥，偷偷上树摘果子，还冒着烈日去河边或水库里游泳，打着没完没了的水仗，忘记回家吃饭。夏天的少年全身有使不完的力量。

不要怨夏天的夜晚总是太短，不要怨夏天的阳光总是太毒，不要怨夏天的脾气总是太暴躁，夏天才像个大男人，将粗犷、豪放和阳刚推到了极致。"绿树阴浓夏日长，楼台倒影入池塘。水精帘动微风起，满架蔷薇一院香。""回廊四合掩寂寞，碧鹦鹉对红蔷薇"，"木槿花开畏日长，时摇轻扇倚绳床"，其实你只需看看唐朝诗人的咏夏诗句，便可知夏天的热烈、浪漫与美好了。

听　雨

雪落大地静无声，雪宜看而不宜听。梧桐叶落天下知秋，落叶宜看不宜听。风声飒飒，蝉鸣阵阵，宜听不宜看。而雨，既可看，又可听。

雨，可看。春雨绵绵，秋雨潇潇，冬雨霏霏，雨丝太过细密，下个无休无止，确实让人心烦。但你若平心静气，细细欣赏，会发现那雨丝轻柔缠绵，仿佛在用万缕情丝编织着人间最新奇的图画。而夏日的雷雨，更是激情磅礴，涤荡天地，仿佛要洗净人间的一切脏秽与罪恶。这样的雨，谁说不迷人？

然而，雨更适宜听。你闭上眼，用心去听吧。雨点落在屋顶上，落在窗台上，落在楼下的树叶上，落在泊车位上的轿车上，时而沙沙，时而咚咚，仿佛满世界里都回响着雨声。你哪里也不用去，哪里也去不了，就安心待在家里吧。待在家里，四听雨声不息，你很容易陷入内省，忆起往事，或静思冥想，或梳理心绪。雨声，让你获得一个摆脱俗务、审视内心的好机会。尤其是在乡村的老屋里听雨，听那雨点敲打着屋瓦，敲打着窗棂，敲打着房檐下的芭蕉叶，一声声，一阵阵，时轻时重，时缓时疾，仿佛在从容地弹奏古筝，荡尽你心灵的尘埃。在这样的雨天，你会觉得日子很悠长，生活节奏很舒缓。你会刻骨铭心地体验到真正的闲适与宁静，仿佛超然出尘，置身于光阴之外。

当然，听雨的感受也往往因人而异。像陆游这种胸怀大志，渴望建功立业的人，他"夜阑卧听风吹雨，铁马冰河入梦来"。而像李清照这类历经坎坷、屡遭不幸的人，她感受到的是"梧桐更兼细雨，到黄昏，点点滴滴，这次第，怎一个愁字了得！"

随着年岁的增长，阅历的丰富，更多的人从雨声中听出了点点滴滴的禅意，懂得通达与超脱。"留得残荷听雨声"，雨落残荷，固然比不上雨落嫩荷动听，但又何苦要不切实际地苛求呢？李商隐在饱经沧桑后，总算淡定了，从雨声中悟出了平安是福、平淡是真的道理。

人生一世，草木一秋，仿佛就在无数次雨中度过。而总有那么几场雨，注定让你记忆深刻，终生难忘。宋代词人蒋捷的词《虞美人》把他一生听雨的感受表达得淋漓尽致，十分到位。"少年听雨歌楼上，红烛昏罗帐。壮年听雨客舟中，江阔云低，断雁叫西风。 而今听雨僧庐下，鬓已星星也。悲欢离合总无情，一任阶前点滴到天明。"词人把自己一生中的重要片断都放进了雨的背景中，其间有少年时的张狂，有中年时的厚重，有晚年时的凄凉。一样的雨声，不一样的处境，不一样的心情啊！在历尽酸甜苦辣后，一个人方能平静，方能成熟，方能淡泊。

今夜，窗外又下起了雨。我坐在床头，关掉电灯，闭上眼睛，什么也不看，什么也不想，只静静地听雨。在无边的黑暗里，在深沉的寂寞中，我聆听着那由远而近的雨声，也聆听着自己心跳的声音。

孤独的旅行者

暑期的一天，我们一行到福建省永定县湖坑镇洪坑村逛客家土楼。

来到洪坑村，我们立刻下车，汇入参观的人流中。一路上，我注意到一个特殊的游客。他没带同伴，看上去30岁左右，中等身材，头戴绿色军帽，身穿草绿色迷彩服，脚蹬解放鞋，胸前挂着一部高档摄像机。他的嘴唇很厚，脸庞被阳光晒得黝黑，额上渗出亮晶晶的汗珠，看上去很憨厚。他步子很快，我总也跟不上。不过，他每走了一段路便会停下来。他跟谁也不搭话。他好像只对土楼感兴趣。一看到土楼，他便眼前一亮，不停地拍摄。有人不屑地说："这都是些普通的土楼，好看的还在后头呢。乡下人，没见过世面！"我不知道他是否听到。不过，他仍自个忙活，懒得理睬。

我继续前行，来到一座圆形土楼下。说实话，那土楼规模不大，并无出众之处。然而，他又停了下来，蹲在楼前全神贯注地拍摄着。我暗笑他迂腐，前面还有更壮观的土楼呢。我落下他，大步朝前走去。

　　来到人称"土楼王子"的振成楼前，我看见楼下站满了人，他们争相拍着合影照。可是不久，我又看到了那位孤独的游客。他站在游人稀少的一角，不停地拍摄土楼。看上去，他很不合群，谁也不愿搭理他。

　　不久，我随人流来到福裕楼参观。真怪，我又看到他端着相机不停地拍照着。他心无旁骛，从没正眼瞧过我一眼，好像我压根儿就不存在一样。

　　我来到聚奎楼下，没想到他也跟来了。他仍忙于欣赏和拍照，有时还用钢笔记录着什么，我觉得他滑稽可笑。心想，出外旅游不就是为了放松自己，用得着这么较真吗？难道他今生今世就再也没机会逛土楼吗？我便一头扎进人堆，跟随众人去买土特产和纪念品去了。

　　吃过午饭，在去停车场的路上，我又同那个孤独的游客不期而遇。他仍独来独往，正在路边的一座土楼前忘情地拍摄着。突然，他取出小本子，用笔不停地写着。这有什么好记的？他到底记些什么东西？我禁不住走上前去，想看个究竟。我仔细看那本子上的字，却一个也不认识。我问他话，他笑而不答。就在这时，走来一位游客，她冲我说："人家听不懂你的话，他是泰国人！"

　　我顿时呆了。我出神地望着那位孤独的泰国游客，心中顿生一种敬意。我明白了，他千里迢迢到福建逛土楼，来一趟不容易。我猜想，他也许是个记者、学者、摄影家或者作家，带着任务来采风和调研，才会如此执着乃至痴迷，生怕遗漏任何一个不起眼的细节。相比之下，我惭愧得很。我总以为自己是江西人，去福建很近，逛土楼的机会多得很，同时我更害怕他人笑话自己迂腐，不合群，于是便随大流，一路上走马观花，浅游辄止，游而不记，观而不悟，一再错失学习的好机会。同是游客，我收获甚少，而那位泰国游客，则始终我行我素，不畏人言，他才不虚此行，大有收获。

想起徐霞客

去年暑期，我到福建旅游了几天，先后到过福州、泉州、厦门和永定。现在我回想起来，大多细节都已淡忘，没有留下多少印象，就像梦游一样。

其实，大多数游客同我的感觉也差不多。如果你问他都看到些什么，他也讲不清楚。他能说出几个主要景点的名字就不错了。他甚至还会张冠李戴，比如把永定县湖坑镇洪坑土楼群的振成楼说成福裕楼或奎聚楼。

你也许会笑话我们白游了一趟，毫无收获。为什么会出现这种"杯具"呢？我想，这主要有两方面的原因。

首先，我们旅游的目的，大多有别于古人，尤其是古代文人。我们多数游客与其说是去旅游，还不如说是去游玩，去休闲。我们游而不记，游而不悟，边游边忘，游过就行。我们对景点的细节和内涵没有足够的耐心去了解和品味，倒是对照相和购物更感兴趣。每到一处景点，我们都合影留念，乐此不疲，恨不得把所有美好的景物都带回家乡，塞进抽屉里。当然，疯狂购物的游客也不少，从土特产到纪念品，我们巴不得都买回家，分送给亲朋好友。此外，我们过分关心住宿饮食条件。我们不住不上档次的小旅馆，为的是要吃好住好玩好。更有一些游客似乎更愿待在旅馆房间里打牌娱乐，而对参观景点并无兴趣。

其次，我们旅游的方式比较单一，大都包团旅游，时间仓促，且参观的景点较多。我们与其说是旅游，还不如说是被旅游。我们的行程被安排得满满实实，被导游牵着鼻子走，参观的景点、路线、时间都被统一限制。正如古人所说，"近游不广，浅游不奇，便游不畅，群游不久"。我们想多看的景点不能多看，更没有时间去深入了解和品味。因此，我们一路上走马观花，实感不强，仅满足于"到此一游"而已。

由旅游的"杯具"，我不由得想起我国明代大旅行家徐霞客。他旅行："不从官道，但有名胜，辄迂回屈曲以寻之。先审视山脉如何去来，水脉如何分合，既得大势后，一丘一壑，支搜节讨。登不必有径，荒榛密箐，无不穿也；涉不必有津，冲湍恶泷，无不绝也。峰极危者，必跃而踞其巅；洞极邃者，必猿挂蛇行，穷其旁出之窦。途穷不忧，行误不悔。暝则寝树石之间，饥则啖草木之实。不避风雨，不惮虎狼，不计程期，不求伴侣。"他真可谓置身物外，弃绝百事，以性灵游，以躯命游。像他这样至情至性、一意孤行的旅行者，可以说过去少有，将来也罕见。他旅游的境界，令我们望而却步，高山仰止。如果我们能有徐霞客十分之一的虔诚，那么至少会不虚此行了。

半窗秋月白

秋天的黎明，一觉醒来，我看到一轮淡月映在窗前，犹如邻家女孩深情的眼睛。晓风吹进纱窗，我感到清凉如水。

月亮，迷人的月亮，她到底在我窗前逗留多久了？可以想象，昨夜的窗外肯定皓月当空，清辉四溢，月光下的大地一定无限美丽而静谧。

　　眨眼间，我又错过了一个美好的月夜啊。昨夜，我为什么没有沐着淡淡的月华，独自去楼下庭院里赏月，看院墙边的芭蕉，在洁白的粉墙上投映出唯美的影子，仿佛在唐诗宋词里浸染了千年的影子？我为什么没有去欣赏院子里的木槿花，看它们在月光下沾满冷露，静悄悄地开放？我为什么没有站在桂花树婆娑的枝叶下，嗅闻桂花的缕缕幽香？我为什么没有去午夜的街道上，看月光下的烟树重楼投下一路深深浅浅、纵横交错的影子？我为什么没有去郊外的山林中，看月光下的林中升起如梦如烟的雾岚，不断氤氲弥漫，静听树叶飘然坠地的声音？我为什么没有在夜色将尽天欲晓的时分，踏着冷冷月色，踽踽独行于乡间小路上，切身体验"鸡声茅店月，人迹板桥霜"的古典意境？

　　我何止辜负了一个良宵？我一再错过许多个浪漫的月夜啊。为什么会这样？是谁伤害了我的浪漫情怀？

　　是因为我年岁大了，缺乏童心和幻想吗？肯定是。随着年龄的增长，我变得懂事，成熟，务实，不想也不屑去干那些异想天开的事，那些没有实际用处的事。我凡事随大流，认为工作、应酬和娱乐才是成年人的正经事。浪漫正离我渐渐远去，因为我是大人，不再是儿童。然而，倒是少不更事的儿童，更让人羡慕。他们无拘无束，无忧无虑，敢作敢为，幻想上天摘星，下海擒龙，要多浪漫有多浪漫。难怪丰子恺先生也禁不住发出感慨，说自己最爱"天上的神明与星辰，人间的艺术与儿童"。

　　是因为生存环境太现实甚至恶劣，消磨了我的青春激情和诗意吗？不会错。面对以金钱和权力衡量一切的人们，面对与日俱增的生存压力，面对人到中年后没完没了的烦心琐事，我感觉太累，缺乏闲情逸致，没有时间，没有精力，也没有心情来放松自己，放纵自己，满足自己的精神和审美需求，更很少倾听过自己心灵的回响。我不想也不敢去追求那些浪漫的事儿。我得担心别人说我幼稚，说我务虚，说我不合群。我得去适应各种潜规则，去忙学习，忙工作，忙社交，忙应酬。就算去打牌喝酒，我也不该去月下漫游。说实话，假如我突发奇想，硬要深更半夜起床赏月，先不说同事朋友知道后会笑我迂腐，就连家人这一关也过不了。他们会骂我发了疯，神经有毛病。浪漫需要好心情，需要脱俗的社会环境，更需要不畏人言的勇气。我国古代的确不乏浪漫之士，但相对无数沉默的大众来说，其所占比例也太小了吧。"举杯邀明月，对影成三人""老夫聊发少年狂""唯恐深夜花睡去，故烧高烛照红妆"，那也毕竟只有李白、苏轼这类有影响和地位的文人士大夫才能做到。

生活于红尘浊世，影响一个人浪漫情怀的因素又何止一二。这个时代更多地教育人们去适应现实，融入群体，乃至逆来顺受，随遇而安，乐天知命。我们自觉或不自觉地生活在世俗的规范和评判中，又有几人能真正做到为自己的个性而活，为自己的兴趣和爱好而活呢？

半窗秋月白，一枕晓风凉。沐着凉风，浴着月华，望着窗外那轮月亮慢慢变淡，褪尽光彩，最后完全消逝在黎明的天空中，我顿时感到很寂寞，也很寒冷。

爆竹声中的忏悔

年终岁末，爆竹声又在我居住的城市里轰轰烈烈地响起。尤其是深更半夜，乔迁新居的人家争相放鞭炮，那响声此起彼伏，经久不息，犹如夏夜的蛙鸣，不，更像防空警报一样，让人心慌意乱。可不，爆竹响过后，就连摩托、汽车的报警器乃至门铃也跟着叫个不停。更恼人的是，有人放完鞭炮后，又放烟花，那接二连三的爆炸声，简直可以吵醒长眠于地下的先人呢。我怕听到爆竹，怕那一声声冷不丁地对耳膜的袭击。多少富有诗意的民俗没有流传下来，为何却偏继承了放鞭炮扰民的陋习呢？然而，在迁怒他人的同时，我又不禁陷入深深的自责之中。想起自己从小玩过的"游戏"，我顿时便无语了。

　　记得小时候，每到过年，听到鞭炮一响，我们便像猎犬一样冲过去，冒着浓烈的硝烟，去抢那些遗漏的未响的爆竹，当作战利品塞满口袋，然后又迫不及待地朝鞭炮响起的另一户人家门前奔去。个别没捡到爆竹的儿童，往往信口开河，站在人家大门前说："唉，一个都没有！"长辈听到这种不吉利的话，心里很不高兴，但碍于逢年过节这种喜庆的日子，也只好一再原谅我们。

　　我们用爆竹玩着各种危险的游戏。用爆竹炸烂泥，炸牛屎，这是初级的游戏。我们大多玩腻了。我们试着用爆竹炸雪人，将雪人炸得缺肢短腿，将洁白的雪地弄得脏秽不堪，但仍不过瘾。于是，我们便把目标对准"人"，搞"恐怖袭击"。新婚夫妇是最好的袭击对象。我们在"闹洞房"风俗的保护下，一见到新郎新娘露面，便投掷爆竹，吓得他们抱头鼠窜，躲进洞房里，把门窗关得严严实实，不敢轻易见人。他们再不满，也不敢对我们怎样，因为我们年幼，因为我们是为了增添热闹和喜庆氛围。此外，我们也把客人作为袭击目标。比如村里来客，路过水沟，我们便会用爆竹"迎接"他，爆竹落进水沟，炸得污水四溅。客人再生气，也只好强压怒火，谁叫我们是一群孩子呢。

　　当这些玩厌了后，我们又向更高级的"游戏"发起冲击。炸卷心菜，是我们的拿手好戏。闲来无事，我们来到村外菜地，看到地里的卷心菜，竟将爆竹插入苞叶中间，然后点燃引线，引线咻咻冒着火星，只听一声炸响，菜叶横飞，只留下光秃秃的菜茎。有时，我们一连炸掉多棵卷心菜。而最难过的要数村里种菜的农妇，她们满村咒骂，但念在我们年幼无知，最后也只好不了了之。此外，我们还有更残忍的玩法。比如用爆竹炸蚁穴，还把爆竹绑在自制的"弹弓"箭头上，射向树上的鸟窝，害得鸟儿四散惊飞，有家难归。更无聊的是，我们甚至把爆竹用细线系在牛尾巴上，然后引燃，吓得牛在爆竹声中狠命挣脱缰绳，落荒而逃。更危险的是，我们甚至将引燃的爆竹故意朝柴堆和稻草垛上扔去，险些酿成火灾。然而，最幸运或者说最不幸的是，我们总能逢凶化吉，总是以年幼无知作为保护伞，逃脱责罚。

　　时隔多年，如今，当年那些玩爆竹的孩子早已长大，大多跳出农门，在外工作，远离了小山村。我已离开故乡二十多年了。我不知道家乡的孩子们还玩不玩这种"游戏"。不过，在我生活的城市里，仍时常听到不绝于耳的爆竹声。然而，我有底气批评人家吗？我玩爆竹的坏事还少吗？我能怨人家没有管教好孩子吗？我能怨人家太自私，不顾他人的感受吗？但话说回来，面对爆竹扰民，我难道就该不闻不问吗？什么时候，我们都能从自身做起，在继承民间传统风俗，营造节日喜庆氛围的同时，尽量将爆竹的噪音控制在较小的范围和较短的时间内呢。

不该这样分手

　　我的故乡是个偏远闭塞的小山村，在中国地图上几乎找不到她的名字。她太小了，在许多人看来，这样的小村庄，就像一顶巨大的荷叶上的一颗露珠，甚至比露珠还小无数倍，完全是可有可无的。但她是生我养我的故乡，每年我都会抽空从城里赶来看望她。

　　然而，让我失望的是，这些年来，小山村是一年比一年冷清。除了过年和春节期间还算热闹外，而更多的日子里，村里几乎找不到年轻人的影子。他们都到哪里去了呢？

　　村里年满18岁的姑娘和小伙子，有的像我一样为了丢掉锄头而发愤苦读，考上大学，参加工作，先后跳出"农门"，吃"皇粮"了；有的举家迁移，把户口迁到城里，在城里买了房子，开店摆摊做点小生意，也不再回乡下老家了。而更多的年轻人则趁年轻力壮到沿海发达的地区打工挣钱去了。他们一年到头几乎都在外面打工，快过年时才回家看看。可是春节刚过，爆竹声刚歇下来，东家的儿子，西家的女儿，便又背起离乡的行囊，匆匆踏上返城打工的旅途。他们就像候鸟一样，来去匆匆，只留下古老而贫穷的小山村，只留下年迈的老人和未成年的儿童。老人守望着几片日渐茂密的山林和几亩时常歉收的薄田，知足常乐。儿童则无忧无虑，该上学的上学，没读书的在村里禾场上你追我赶，玩着并不新鲜的游戏。他们才是村里名副其实的主人。

在村里，我能见到的熟人越来越少了。每隔三两年，村里就有几个熟悉而厚道的老人悄悄走了，就像秋天的落叶，投入大自然的怀抱，回归到永恒的宁静里去了。想到儿时岁月里，我在他们慈爱的目光中成长，得到他们诸多教诲和帮助，到如今我却连他们的最后一面都没见到，连一句感激的话都没有机会表达出来，我真的好伤感，好难过。是哪位古人说过，"故人好比庭中树，一日秋风一日疏"，说得多么凄楚，多么无奈，多么深沉，他应该也感受过这种刻骨铭心的离别吧！

在故乡的小山村，就连儿时穿开裆裤一起玩耍的伙伴我也很难碰到。他们总是那么累，那么忙，有的远在外地工作，户口早已迁走，成了异乡人，反认他乡作故乡，几乎从未回来过，更没有留下任何联系方式，就像一只断线的风筝一样越飘越远，消逝在我们的视野之外；有的长年累月在外打工，三年两载回来一次，很难有幸碰到，就算碰到，见面敬上一支烟，却没有多少共同的话题可说，彼此寒暄客套一番之后，临别时留下对方的联系地址和电话号码。然而，遗憾的是，我们很少有人真的把对方的联系地址和电话号码当作一回事，几乎从不通信，也不打电话，时间久了，彼此的联系地址和电话号码都变更了，联系更是无从谈起。怎么会这样？也许是因为我们彼此分别太久，缺乏沟通，没有共同语言，也许是因为我们出于自卑或者矜持的心理，等待对方先主动联系自己，也许是因为我们之间产生了什么不应有的误会吧。总之，我们这些在同一个小山村出生长大的同龄人，好不容易偶尔碰面，却又这样悄然分手，变得更加生分，更加疏远。

唉，什么时候，远在异乡的游子，都能回到故乡的小山村，快快乐乐地聚会一次，开开心心地再做一回老乡，做一回伙伴，就是做一回朋友也行？毕竟我们都在同一块土地上出生，在同一片天空下长大，难道我们就不能在同一个地方团聚吗？人生原本就不完美，我们不要再给残缺的人生增添新的遗憾了。回来哟，离乡的游子，我们有一个共同的故乡，尽管她仍旧是个贫穷的小山村，但我会在故乡等着你！

腊　梅

我楼下有一个杂物间。杂物间内很安静，外面花草飘香。于是，我把杂物间稍作整修，改作简易书房，没事便到里面读书或写文章。

杂物间的窗外，有一大片宽阔的绿化带，碧绿的草坪上栽有桂树、玉兰、山茶、杜鹃、月季等，其中靠近窗口有一棵腊梅树。我本不知道它就是腊梅树。因为在平日里，它的叶片看上去跟其他树木没有两样，我怎么也想不到它就是腊梅树。

去年冬天，我站在窗口，看见窗外有一棵矮树落光了叶子，枝上结满黄豆大小的花蕾。初看，我还以为它是迎春花。走近细瞧，我发现那花蕾比迎春花大得多，且清香扑鼻，沁人心脾。经打听，我才知道它竟是腊梅花。而此时，公园里的红梅花、白梅花尚未含苞。

此后，我在书房看书时，总会有意无意凝望那窗外草坪上的腊梅花。下雪了，腊梅花竟顶风冒雪，开得更艳，芳香四溢。她就像一个红粉佳人，日日守望在窗前，陪伴我读书，浪漫得很。

据李时珍《本草纲目》记载，腊梅花又名黄梅花。此物本非梅类，因其与梅同时，香又接近，色似蜜蜡，因此得名。腊梅本非梅，然而，千百年来，它却被人们误以为是梅花。这是多么美丽的误会啊。

是的，在我眼里，腊梅花是梅花中的另类，有着别样的神采和韵致。可是，我们不少人为什么总习惯排斥异类，而不肯包容、接受和欣赏一些其实也很美好的另类事物呢？

牵 牛 花

秋天，路边的野草爬藤中，一朵朵牵牛花竞相开放。它们或蓝，或紫，或浓，或淡，清丽素雅，古色古香，犹如一个个风姿绰约、隐约缥缈的古典美人，富有民间草野的隐逸气和东方民族的浪漫色彩。

面对含苞结蕾或盛开绽放的牵牛花，我在欣赏、赞美之余，感觉好突然，好蹊跷。

去年、前年乃至更多年前的秋天，我怎么没有发现路旁草丛中有牵牛花呢？牵牛花的种子是何时播撒植根于这片草丛中？又是何时萌发、生长，竟牵扯出如许的藤蔓来？是啊，只是看罢这如许的花朵争妍斗艳，吐散芬芳，我才明白事情原来早已发生。

可不是吗？深秋，许多树木落叶纷纷，脱掉华丽的外衣，把枝头上的一个个鸟巢暴露无遗，我们在吃惊之余终于发现鸟儿们早就在人们不注意的时候悄悄地筑了窝。

"雪隐鹭鸶飞始见，柳藏鹦鹉语方闻。"人们往往只看到事情的"果"，而忽视"因"。不错，这世界上的许多事情，就像这牵牛花一样，总是在我们发现之前就已埋伏好了，隐藏好了，酝酿好了，准备好了，而一旦发生，便成定局，只向我们展示其命定的结局，不容置疑，更无法更改。

有禅师说，白鹭立雪，愚人看鹭，聪人见雪，智者观白。也许，一个人有时确实应心存虚空，遇事不可太过执着，穷根究底。就像面对这突如其来的牵牛花一样，我们除了承认、接受事实外，别无选择！

抚 州 访 梅

"折梅逢驿使，寄与陇头人，江南无所有，聊赠一枝春。"从诗中可见，古人常以梅花作为传达友情的信物。梅花在古代的江南不仅是很常见的花，而且是很浪漫很忠贞的友谊之花。然而，过去，我在抚州却很少看到梅花。也许是常在国画上看到梅花的缘故，我总以为梅花很大。待看到后，我深感意外。我没想到梅花居然比桃花还小。好在梅树是在落光叶子后才开花，尚能凸显梅花的美丽。

年前，我在抚州市区看到三种梅花，一种是黄梅，一种是白梅，一种是红梅。

黄梅花的花朵较小，金黄金黄，花瓣透明，颇似迎春花，但比迎春花要大，且香气浓郁。在抚州市阳光城小区、绿城小区、凤岗河两岸和人民公园，我常看到黄梅花。它们很不起眼，若不是其香气袭人，我真的会对其熟视无睹。

白梅花在抚州市很少见。我只在人民公园见到几株，树上开满白花，乍看上去像李花。走近细瞧，我发现其花朵比李花大得多，比黄梅花也大出不少，且花色白中透着点微红，花型也很精致。那天傍晚，我看见一位满头白发的老奶奶在白梅树下徜徉，不时凑近白梅花去嗅花香。这场景很有诗意。要是有月光照着，我会情不自禁吟起林和靖的诗句"暗香浮动月黄昏"来。

红梅花在抚州市更为稀见，我只在凤岗河畔、名仕家园小区大门前和人民公园见到一些。在人民公园，我看到数株红梅树。但我来得不是时候，红梅花大都结着蕾，有的仅冒出一丁点儿的红苞，隐约透出点香气。找了好一会儿，才有幸看到三五朵绽放的红梅花。红梅花似乎比黄梅花、白梅花都要大些，花色红艳，恍如红粉佳人，让人惊艳。古人曾说："有梅无雪不精神，有雪无梅俗了人。"可以想象，红梅映白雪，是何等动人心魂。遗憾的是，我至今未看到红梅傲雪绽放的场面。

正月里天气晴好，我来到凤岗河畔，无意间看到数十棵红梅树。它们大都开花了，红艳艳的。我走进花林间，这棵看看，那株瞧瞧，目不暇接。盛开的红梅花，最好看的是花蕊，很像小姑娘长长的眼睫毛。盛开的红梅花，总让我联想到一串串点燃引线的小爆竹，衬托着正月里的欢快气氛，热烈而喜庆。美中不足的，是这些红梅树都还小，开的花不多。等这些红梅树都长高大了，一定会开出更多美丽的花朵。

近年来，随着抚州城市建设步伐的加快，生态环境不断美化，今后抚州的梅花树会越来越多。在这乍暖还寒的初春时节，正是欣赏梅花的好时候。让我们带着家人或朋友，去探访梅花，去寻找抚州春天的信息吧。

宣华苑里的女人

—— 读花蕊夫人《宫词》

就像许多短命的王朝一样，五代十国政权交替频繁，在历史上留下了不少千古之谜。花蕊夫人和她的《宫词》，就是其中的一个。这里所说的花蕊夫人，指的是五代时前蜀国君王建的妃子。她在儿子王衍继位后，被册封为顺圣太后。作为历史上以皇太后身份写作《宫词》的第一人，花蕊夫人的作品无论在文学还是史学上，都具有弥足珍贵的价值。《宫词》中收录了100余首七绝诗，就像一篇篇情真意切的日记，其中所涉各类人物和事件，都是诗人亲眼所见、亲身经历的。也许，这些诗作原本都是留给自己的文字，她并不想公之于众、流芳百世，因此用不着矫饰，格外真实可信。我特别欣赏诗人笔下的深宫宣华苑里的各色女人（如嫔妃、宫女等），她们的的生活和命运，让我感慨，令我深思。

应该说，宣华苑里的数以千计的女人大多年轻貌美，才艺出众，充满青春活力，让人怜爱和倾慕。她们大多来自民间，即便是禁忌森严的深宫大院的封闭生活，也不能完全窒息她们青春的朝气，禁锢她们自由的天性。为了打发寂寞无聊的时光，她们有许多娱乐活动，除了采莲、荡舟、钓鱼、捉迷藏外，还有用弹弓打鸟、扑打蜻蜓、下围棋、赌金钱、学骑射、打马球等。

别看她们平日里忙于应付日常事务，各司其职，彼此难得相见，表现得十分拘谨，但到了无人监管的场合，她们就完全变了一副模样：

内人追逐采莲时，惊起沙鸥两岸飞。

兰棹把来齐拍水，并船相斗湿罗衣。

夏末秋初，龙跃池中荷花飘香，采莲的宫女们划着小船在水上相互追逐，打闹嬉笑声惊得沙滩上的鸥鸟纷纷飞起，两三只小船靠在一起互不相让，船桨拍起的水花把身上的罗衣都溅湿了。她们简直玩疯了，多么快乐。

又如：

秋晓红妆傍水行，竟将衣袖扑蜻蜓。

回头瞥见宫中唤，几度藏身入画屏。

秋天的早晨，几个宫女刚忙完了自己的活，她们有说有笑地沿着水池边走来，见了空中飞舞的蜻蜓，一时忘情，纷纷举起衣袖，争相上前扑打。可见禁忌森严的深宫也不能完全泯灭她们自由任性的美好童心。

再看宫女们钓鱼的情形：

嫩荷香扑钓鱼亭，水面文鱼作对行。

宫女竞来池畔看，傍帘呼唤勿高声。

眼看水面成群的鱼儿就要上钩，她们个个屏息静气，生怕错过捕捉的机会。

这些女人们真可谓遇上了"好主子"，尤其是王衍继位后，荒于酒色，"唯宫苑是务，唯游宴是好，唯纤巧是近，唯声色是尚"。荒诞失政，在客观上为她们提供了更多自由欢乐的空间。这真是"国家不幸后宫幸"了。

但宣华苑决不是世外桃源，不是极乐净土，宫女们丝毫不值得羡慕。她们平日里事务繁多：内教坊歌舞、值夜、侍宴、迎驾、打扇、备车、熏衣、养鹁鸪、学射鸭、安排狩猎、煎茶、捕鱼、养马、车水、酿酒、种花等。更不幸的是，在以皇上这个唯一的男人为中心的后宫，万千佳丽为了争风固宠，讨得皇上欢心，她们个性扭曲，用尽心机，明争暗斗，最后获得恩宠的总是寥寥无几，而更多的女人则在冷落、郁闷和失望中慢慢老去，一再上演着青春凋谢、繁华成梦的悲剧。

比如：

夹城门与内门通，朝罢巡游到苑中。

每日日高祗候处，满堤红艳立春风。

　　诗中写的是内苑中的嫔妃和宫女们为了迎接皇上下朝后的到来，她们一个个穿红戴绿，沿着弯曲的龙跃池岸边，袅袅娜娜地一字排开，就像堤岸上一株株迎着春风鲜艳绽放的红花，形成一道靓丽的风景。这风景对皇上来说自然是一种赏心悦目的享受，但对构成这道风景线的候驾的后宫佳丽来说，无疑是件苦差使。有谁能了解到她们内心的感受呢？

　　又如：

　　修仪承宠住龙池，扫地焚香日午时。

　　等待大家来院里，看教鹦鹉念新诗。

　　中午时分，龙跃池边的一处宫院内，近来受到皇上宠爱的修仪嫔妃正在清扫屋里屋外，焚香等待皇上的到来，但她看到时间还早，便调教鹦鹉念新诗，消磨和打发时间。她把皇上真的盼来没有？可见，即便是后宫得宠的女人，她那争风固宠的心理和为此设计的小计谋，也无不透露出幽怨和无奈。

　　再如：

　　殿前排宴赏花开，宫女侵晨探几回。

　　斜望花开遥举袖，传声宣唤近臣来。

　　在皇上开宴赏花之前，宫女们为了让主人欣赏到好花初开时特有的鲜嫩，她们一大早便来到苑内，一次次探看；直等到花蕾初放、色香乍泄时，才远远地举起衣袖，并高声传唤，通知等在外面的侍从之臣可以开宴，恭请皇上前来赏花了。宫女们日常服役的辛劳由此可见一斑了。

　　还有：

　　会仙观内玉清坛，新点宫人作女冠。

　　每度驾来羞不出，羽衣初著怕人看。

　　在后宫中，由来只见新人笑，何曾听到旧人哭。诗中这位年轻貌美的宫女，她刚在会仙观的玉清坛上被点名入观当女道士，从此整天与香炉老君为伴，她那种充满失落和幽怨的心情，又有谁能理解呢！

再看：

婕妤生长帝王家，常近龙颜逐翠华。

杨柳岸长春日暮，傍池行困倚桃花。

别说一般的宫女，就是出身高贵的宫中女人，她的命运也同样可悲。在春日暮色中，这位从小生长在帝王家的妃嫔伴随皇上沿着漫长的池岸一路行来，她走累了，不得不娇喘吁吁地依靠这桃树休息一下。这时夕阳西下，晚霞映着明净的池水，春风拂着翠绿的柳枝，美人倚着灿烂的桃花，美不胜收。然而，这美丽的画面终掩不住主人公内心那种淡淡的厌倦和幽怨。不错，整日陪驾是一种令人羡慕的荣幸，但也是一种无法选择的无奈；是的，人生就像那春日的杨柳桃花，尽管妩媚一时，而到头来终不免随风飘零，逃不出"千红一哭，万艳同悲"的结局。

说到底，《宫词》不只是一曲哀伤的挽歌，也不只是一声无奈的叹息，而是古代宫中女人浸透血泪的青春史。我以为，《宫词》不光有着不俗的文学价值，更有着极高的史学价值，向后人真实地展示了宫中女人这个特殊群体的全景式的生活画卷。我们在欣赏她们美丽的青春风采之余，更为她们的红颜薄命而惋惜。相比之下，现代女性可以让美丽的青春之花自由绽放，为青春美丽而自豪骄傲，这是多么幸福的事啊。